材料與方法——明清音韻論集

宋韻珊 著

臺灣 學生書局 印行

謝　啟

　　這本小書的出版得到諸多人的幫忙，首先要感謝的是兩位匿名審查委員，他們所提出的建議與意見，讓本書得以有修正的機會，減少錯誤，也提供個人再深入探討的可能性，個人深深感謝。

　　其次，要感謝的是學生書局的編委會，依據外審結果同意本書得以出版。

　　當然，最需要感謝的是學生書局編輯部的陳蕙文編輯，即使因為陰錯陽差耽擱了一段時間，蕙文編輯仍不離不棄的幫忙送審與出版。若非她的幫忙，本書不可能付梓，對於她的辛勞，個人至為感激。

　　如果可以，謹以此書紀念過世的母親。

Ⅱ　材料與方法——明清音韻論集

材料與方法——明清音韻論集

目　次

謝　啟 ……………………………………………………	I
導　言 ……………………………………………………	1
《黃鍾通韻》的日母字——兼及對《音韻逢源》和《正音切韻指掌》的討論 ……………………………	3
一、前言 ………………………………………………	3
二、《黃鍾通韻》的日母字 …………………………	4
2.1　《黃鍾通韻》的編排體例 …………………	4
2.2　《黃鍾通韻》裡的日母字 …………………	6
三、《音韻逢源》和《正音切韻指掌》裡的日母字 ……	13
四、結語 ………………………………………………	23
明清韻書韻圖的繼承性與殊異性——以清代三部滿人著作為例 ……………………	27
一、前言 ………………………………………………	27
二、明清韻書韻圖編纂的繼承性 ……………………	29

2.1　三部滿人韻圖的編排體例⋯⋯⋯⋯⋯⋯⋯⋯　29
　　2.2　三部滿人韻圖與《中原音韻》等四部韻書的
　　　　韻目對比⋯⋯⋯⋯⋯⋯⋯⋯⋯⋯⋯⋯⋯⋯　34
　三、《音韻逢源》等韻圖展現的殊異性⋯⋯⋯⋯⋯　42
　　3.1　三部韻圖對入聲字的措置⋯⋯⋯⋯⋯⋯⋯　42
　　3.2　《正音切韻指掌》中加圈的北燕讀音⋯⋯⋯　44
　　3.3　三部韻圖中的「喻日」二母音讀⋯⋯⋯⋯　46
　　3.4　三部韻圖對精、照二系的措置⋯⋯⋯⋯⋯　49
　四、結語⋯⋯⋯⋯⋯⋯⋯⋯⋯⋯⋯⋯⋯⋯⋯⋯　54

《音聲紀元》裡的日母字⋯⋯⋯⋯⋯⋯⋯⋯⋯⋯　65

　一、前言⋯⋯⋯⋯⋯⋯⋯⋯⋯⋯⋯⋯⋯⋯⋯⋯　65
　二、《音聲紀元》裡的日母字⋯⋯⋯⋯⋯⋯⋯⋯　66
　　2.1　《音聲紀元》的內容與編排體例⋯⋯⋯⋯　66
　　2.2　《音聲紀元》裡的日母字⋯⋯⋯⋯⋯⋯⋯　70
　　2.3　其他韻書韻圖中的日母字——以六種材料為
　　　　觀察對象⋯⋯⋯⋯⋯⋯⋯⋯⋯⋯⋯⋯⋯　74
　　2.4　《音聲紀元》與現今徽語、吳語中的日母與
　　　　禪母字音讀⋯⋯⋯⋯⋯⋯⋯⋯⋯⋯⋯⋯　79
　三、結語⋯⋯⋯⋯⋯⋯⋯⋯⋯⋯⋯⋯⋯⋯⋯⋯　81

《泰律篇》中的鼻音韻尾字⋯⋯⋯⋯⋯⋯⋯⋯⋯　85

　一、前言⋯⋯⋯⋯⋯⋯⋯⋯⋯⋯⋯⋯⋯⋯⋯⋯　85
　二、《泰律篇》中的陽聲韻⋯⋯⋯⋯⋯⋯⋯⋯⋯　87
　　2.1　《泰律篇》的內容型制⋯⋯⋯⋯⋯⋯⋯⋯　87

2.2	《泰律篇》中的陽聲韻 …………………………	91
2.3	《泰律篇》與《易通》、《私編》的陽聲韻 ··	95
2.4	《泰律篇》與今雲南方音及江淮官話 …………	99
三、結語 ………………………………………………		108

附論

《警世通言》所呈顯出的用韻現象與方言詞 …… 111

一、前言 ……………………………………………… 112
二、《警世通言》所呈顯的用韻現象 ………………… 113
    2.1 《警世通言》中的詩詞押韻 …………………… 113
    2.2 《警世通言》所呈顯的音韻現象 ……………… 115
三、《警世通言》中的方言詞語 ……………………… 122
    3.1 代詞 ……………………………………………… 123
    3.2 名詞 ……………………………………………… 126
    3.3 動詞 ……………………………………………… 131
    3.4 形容詞 …………………………………………… 139
    3.5 副詞 ……………………………………………… 140
    3.6 其他 ……………………………………………… 142
四、結語 ……………………………………………… 144

導　言

　　這本小書收錄了個人近年來先後發表於聲韻學研討會的五篇會議論文，其中〈《黃鍾通韻》的日母字——兼及對《音韻逢源》和《正音切韻指掌》的討論〉與〈明清韻書韻圖的繼承性與殊異性——以清代三部滿人著作為例〉二文有前後的關連性，前者主要論述清代三部等韻圖中日母字的音讀類型與方音呈現，以及日母字與精知莊照四系或其他聲母的搭配情形。另外，也對目前學界習慣將文獻材料與方音進行連繫與對比的研究方法進行省思；後者則是在前文基礎上，從明清韻書韻圖在音系內容與編排形制上的相似性著眼，討論明清階段等韻材料間雖看似形式內容各異，但彼此間或許存在著形制與內容上的繼承關係。

　　〈《音聲紀元》裡的日母字〉與〈《泰律篇》中的鼻音韻尾字〉二文則是以某一種語音現象為討論核心，觀察兩部材料的呈顯與現代漢語方言是否能連通證明或具有相似性。至於〈《警世通言》所呈顯出的用韻現象與方言詞〉一文，則是考察《警世通言》裡開場詩（或詞）與散場詩（或詞）的用韻現象以及小說中所使用的方言詞，印證是否具有明代吳語與現代吳語特點，檢視馮夢龍編纂《三言》時是否代入某些吳語方言。

　　本書在送外審時，因有審查委員認為〈《警世通言》所呈顯出的用韻現象與方言詞〉一文所論內容與前四篇音韻專論不同，

本文從《洪武正韻》切入的研究路徑與傳統由詩韻、詞韻切入的研究視角有別，建議有所區隔。個人欣然接受外審委員建議，將此文移至附論，日後再進行詩韻與詞韻的擴大研究。

　　以上五篇會議論文於研討會中發表過後部分內容經過修整，但並未投稿期刊或學報。每篇論文含中文提要、內文與引用書目，保留單篇論文形式。因論文內容的共同點是針對不同材料採用不同研究視角與研究方法，因此定名為：材料與方法——明清音韻論集。

《黃鍾通韻》的日母字
——兼及對《音韻逢源》和《正音切韻指掌》的討論

中文提要

　　本文主要觀察《黃鍾通韻》裡日母字的歸字情形並兼及《音韻逢源》和《正音切韻指掌》二圖，配合今東北方言裡日母字的音讀，希望以此檢驗這三部韻圖是否具東北方音？同時也想反省與討論目前學界慣用的研究方法，對於基礎音系的判定，是否能僅僅依據某幾項音韻特徵便足以解釋一部語音材料的內部音系？

關鍵詞：《黃鍾通韻》、《音韻逢源》、《正音切韻指掌》、日母字、東北方言

一、前言

　　《黃鍾通韻》、《音韻逢源》以及《正音切韻指掌》是清代時期由滿人所編纂的三部韻圖，因作者皆為滿族人氏，而滿族又發源於東北長白山地區，因此引發三者所反映的語音系統是否為東北方音的討論。如趙蔭棠（1985）、應裕康（1972）、耿振生（1992）、陳雪竹（2002）、王松木（2003）、汪銀鋒（2010）、

郭繼文（2010）等都認為《黃鍾通韻》反映的是東北方音或遼寧方音；楊亦鳴和王為民（2004）、高曉虹（1999）主張《音韻逢源》反映的是北京音，但鄒德文、馮煒（2008）則指出《音韻逢源》具東北方音特徵，說法不一；馮蒸（1990）認為《正音切韻指掌》裡兼顧了滿文字母讀音的需求，可是莎彝尊在自序中談及，《正音切韻指掌》以中州音為主，因此該書所反映的究竟是否為東北方言，也不易確定。最早提出《黃鍾通韻》具東北方音的應該是趙蔭棠（1985），他以該圖內的日母字與喻母字互混，從而認為此為東北方音的特點之一。

　　本文以趙氏所言為基礎，主要觀察《黃鍾通韻》裡日母字的歸字情形並兼及《音韻逢源》和《正音切韻指掌》二圖，配合今東北方言裡日母字的音讀，希望以此檢驗這三部韻圖是否具東北方音？同時也想討論，對於基礎音系的判定是否能依據一項或某幾項音韻特徵來決定。

二、《黃鍾通韻》的日母字

2.1　《黃鍾通韻》的編排體例

　　《黃鍾通韻》是由滿族鑲紅旗人都四德所編撰，他自署「長白人」，此書成於清乾隆年間。由於都四德本人精通音律，因此這是一部討論樂律的書，原非專為音韻而作。他在序中自言「將前後三十餘年日積月累，或搜之於古，或取之於今，數百篇中刪繁就簡，補闕證疑，草成是稿，名曰黃鍾通韻。特為音律之元，非敢竊比詩韻耳。」此書內容輕短，正如作者所言是精簡後的結

果。

　　《黃鍾通韻》內容分上下兩卷，上卷為：律度衡量第一、五音位次第二、六律第三、七均第四、五音六律三分損益上下相生第五、律呂名義第六、律本第七；下卷為：循環為宮第八、聲字第九、律數第十。「黃鍾」一名本於古代樂律名稱，為十二律之首。雖全書主要是講樂律的，但在下卷的「聲字第九」則附有等韻圖，全圖分為十二韻，即十二律；橫排聲母，依喉舌齒唇牙等發音部位列出 22 聲母；復依介音四呼直列四欄，每一欄內再據聲調分為五，「每字有上下二等，每等有輕有重，按平上去入，繪成通韻一卷。」。耿振生（1992：184）認為「此韻圖表現的是漢語語音系統，雖然清代有幾部韻書都是由滿人編纂，但唯有此書帶有東北方音特點[1]」。以下簡述其聲韻調系統：

　　1.聲母為「歌柯呵哦、得特搦勒、勒知痴詩日、白拍默佛倭、訾䞈思日」，表面上看來有 22 聲母，實際上不然。勒母和日母重出兩次，其中一勒母下有字，另一勒母下無字，顯然是虛位；而齒屬日母下有字，但牙屬的日母下則無字，情形一如勒母。因此若去除重複二母，應只有 20 聲母。

　　2.韻目分為十二：咿嗚唉哀哦阿喑唵嚶映嘔噢，其中除了「阿」韻外全為口部字，相當特別。作者在〈聲字第九〉中明言「以上共十二字，即是十二枝，陰陽各六，即是六律，人之聲音言語，只有此十二聲字。」，每韻依輕上、輕下、重上、重下分為四等，相當於開齊合撮四呼。

---

[1] 個人對於耿振生的說法略有異議，其實年希堯的《新纂五方元音全書》也是由滿人編纂，內容同樣也反映遼寧方音，並不如耿氏所言，只有都四德的《黃鍾通韻》如此。

3. 聲調分為五，輕類字為「輕平、上平（下平）、上、去、入」；重類字則為「重平、上平（下平）上、去、入」，來自中古的入聲字派入陰聲韻內，顯示《黃鍾通韻》內應已無入聲。[2]

2.2 《黃鍾通韻》裡的日母字

最早對《黃鍾通韻》進行研究並指出該圖「日與喻混，恐與著者方音有關，現遼寧人尚多如是讀。」的是趙蔭棠（1985：239），究竟此圖的基礎音系為何？是如趙氏所言的遼寧音還是其他？與都四德自署「長白」是否一致抑或有參差？個人在檢視過《黃鍾通韻》後，發現此圖日母字分見於「齒屬」和「牙屬」內，但實際上列字主要在「齒屬」。問題是，齒屬內除了收日母字外，還收來自中古的喻、為、影諸母字，牙屬內則不見其他聲母字。以下分別列出《黃鍾通韻》內日母字的中古來源：

A. 日母—日如汝忸肉惹熱若仁忍刃閏然染軟仍扔戎冗攘讓柔；唉而爾二

B. 喻母—移以易亦喻欲耶爺也夜葉藥寅引殞延演盈容用羊養酉

C. 為母—羽運員遠永尤

D. 影母—於怨嬰雍

值得注意的是，A 類日母字全列在「輕上」（開口呼）和「重上」（合口呼）內，而 BCD 三類則很規則的置於「輕下」（齊齒呼）與「重下」（撮口呼）中，顯然這與日母字來自於中古開口與合口三等韻相關。從日母內混列喻、為、影諸母字來看，日

---

[2] 詳參宋韻珊（2014：205-206）。

母的讀音顯然不是 [z] 而是零聲母。

為了進一步了解《黃鍾通韻》裡的日母字究竟是否已讀同喻母般的零聲母，本文依據《普通話基礎方言基本詞彙集》（1994）裡所收黑龍江省、吉林省、遼寧省共計 11 個方言點[3]的日母字音讀加以對照，以觀察其間之異同變化。經過比較，發現：

(1)在遼寧省的四個方言點中，只有錦州一地的日母字讀 [z]，其他三地都讀成零聲母。錦州一地的讀音又分成兩類，屬於《黃鍾通韻》日母字（即上文所列 A 組，但不包括而爾二）的讀 [z]，如「日」[zḷ]、「閏」[zən]、「攘讓」[zaŋ]；至於在《黃鍾通韻》的喻為影母字（即上文所列 BCD 組）則讀零聲母，如「爺也」[ie]、「延演」[ian]、「雍」[yŋ][4]。今舉例如下：

	日母					喻母		為母	影母
	如汝	惹熱	人刃	戎冗	而二	移易	容用	員遠	嬰
瀋陽	zṷ[5]	ie	in	yŋ	ər	i	yŋ	yan	iŋ
丹東	y	ie	in	yŋ	ər	i	yŋ	yan	iŋ
錦州	zṷ	zɤ	zən	yŋ	ər	i	zuŋ	yan[6]	iŋ
大連	y	ie	in	yŋ	ər	i	yŋ	yan	iŋ

(2)在黑龍江省的四個方言點中，則剛好與遼寧省相反，除

3　黑龍江省包括黑河、齊齊哈爾、哈爾濱與佳木斯；吉林省包括白城、長春與通化；遼寧省則涵蓋瀋陽、丹東、大連、錦州四地。
4　「雍」又讀為 [zuŋ]。
5　「如汝」又音為 [y]、[iu]。
6　「員遠」又讀為 [zuan]。

了佳木斯一地的日喻為影母字全讀成零聲母外,其他三地也分成兩類,屬於《黃鍾通韻》日母字(即上文所列 A 組,但不包括而爾二)的讀 [z],如「肉」[zəu]、「仍」[zən];至於在《黃鍾通韻》的喻為影母字(即上文所列 BCD 組)則讀零聲母,一如錦州地區,如「運」[yn]、「怨」[yan]。今舉例如下:

	日母					喻母	為母	影母
	如汝/惹熱	人刃	戎冗	而二	移易/容用	員遠	嬰
黑河	zu	zɤ	zən		ər	i	yŋ	yan	iŋ
齊齊哈爾	zu	zɤ	zən	zuŋ	ər	i	yŋ[7]	yan	iŋ
哈爾濱	zu	zɤ	zən	zuŋ	ər	i	yŋ[8]	yan	iŋ
佳木斯	y	ie	in	yŋ	ər	i	yŋ	yan	iŋ

(3)在吉林省的三個方言點內,屬於《黃鍾通韻》日喻為影母字,無一例外全讀成零聲母,如「然染」[ian]、「柔」[iəu];「寅引」[in];「尤酉」[iəu]。

	日母					喻母	為母	影母
	如汝/惹熱	人刃	戎冗	而二	移易/容用	員遠	嬰
白城	y	ie	in	yŋ	ər	i	yŋ	yan	iŋ
長春	iəu		in	yŋ	ər	i	yŋ	yan	iŋ
通化		ie	in	yŋ	ər	i	yŋ	yan	iŋ

由以上 11 個方言點中只有四處的日母字讀成 [z] 且形成「日母」和「喻為影」讀音分流的情況來看,顯然與《黃鍾通

---

7 「容」本音 [zuŋ] 又音 [yŋ]。
8 「容」文讀 [zuŋ]。

韻》裡全歸入日母內的現象不符，似乎都四德想反映的更接近於遼寧與吉林方音。如果再對照都四德雖讓日母字分見於「齒屬」和「牙屬」內，但實際上列字主要在齒屬，且齒屬內除收日母字外，還收部分喻、為、影諸母字，牙屬則不見其他聲母字來看，《黃鍾通韻》裡日喻為影同樣變成零聲母的現象是可以確定的。此外，「唉而爾二」改歸入喉屬零聲母位置，似乎顯示讀音已是 [ɚ]。

其實，關於日母內的「唉而爾二」等字改歸入喉屬零聲母位置的作法，曾引起學界的疑惑和討論。主要是因「唉聲字」所收主要為「圭灰堆推追吹雖悲非威」等今讀 [ei] 韻母的字，但都四德居然將「而爾二」三字歸入此韻中並與「唉」字並列，這似乎意味著「而爾二」不讀 [ɚ] 而是讀成 [ei]。此一特殊的音韻現象由於討論者較少，以下分別列出：

(1) 趙蔭棠（1985：240）曾就此提到「將唉、而、爾、二四字並隸於〝唉〞律之哦母，是當讀為 [ei]。這是很奇怪的現象。」趙氏認為都四德把「而爾二」的讀音 [ɚ] 變成與「唉」同音的 [ei]，作法令人費解。

(2) 應裕康（1972：478）雖將這四字擬音為 [ei]，但也認為「而、爾、二讀 [ei]，則令人不解，然都氏亦未解釋。若謂借位，則此三者，何不列於〝咿〞聲一圖哦母下耶？竊意此是都氏之疏也。」顯然應氏也認為「而爾二」讀 [ei] 並不符合語音現實。

(3) 王松木（2003：359-360）則從輕重音之別在滿語中是具有辨義作用的超音段成分出發，認為「滿語京語具有『前重後輕』的韻律特徵，隨著此一韻律特徵的引入，當『而爾二』等字

被置於重音節之後時（如：『多爾袞』、『明日』），則『而爾二』等止攝日母字會呈現出輕音、弱化的態勢而讀成 [eɹ]；若聲母——捲舌通音再進一步失落，並將捲舌特徵轉移到央元音上，則此類字便由 [ɹə] 改讀成 [ə[ɹ] 或 [ɚ]。基於以上推理，不難理解都四德是基於 [əɹ] 或 [ɚ] 的相似性，而將「而爾二」歸入『唉』韻。」王氏嘗試從滿語輕音、弱化的角度來解釋「唉而爾二」的讀音並將唉韻擬成 [əi] 的作法，雖然較能兼顧同屬唉韻中其他如「威委未堆隊悲貝」等字讀 [ei] 的情形，但我們一方面既無法確定「而爾二」在滿語中的單字音讀音與在雙音節中、多音節中是否一致或有別，另一方面傳統韻書韻圖在列字時基本上是以單字音為主。是以，王氏所論也存在著疑點。

(4) 鄒德文、馮煒（2008：74）也提到《黃鍾通韻》韻母中需要注意的是「而爾二」等中古的止攝字，「在中古『而爾二日』是四聲相承的；在《中原音韻》中它們屬於支思韻；在《黃鍾通韻》中，出現『而爾二』屬〝唉〞聲的零聲母字，而『日』屬〝咿〞聲字，屬於日母字。這說明其語音已分化為 [zi]（日）、[ɚ]（而），兒化韻出現於韻書中。」鄒、馮二人則直接認為「唉而爾二」等字都讀成兒化韻的 [ɚ] 而與「日」字讀音有別。

(5) 陳喬對於都四德把兒化韻安排在 [ei] 下的作法，認為「[ei] 和 [er] 舌尖捲曲的程度不同，因此在發捲舌音較困難的地區，發 [er] 時，舌頭稍微僵直一些就發成了 [ei]。」[9]陳氏則從發音時的舌頭捲曲狀態解釋 [ei] 和 [er] 的相似性，論點略近似

9　此處轉引自鄒德文、馮煒（2008：74）。

於王松木。

　　以上諸位學者的論點主要立基在「唉聲」的韻母擬音只有 [ei] 一類的基礎上，但如果我們同意且承認在「咿聲」的開齊合撮四呼中分別具有 ï、i、u、y 四種不同韻母的話，是否也能假設在唉聲的開口呼內也可能具有兩種以上不同的韻母呢？「唉而爾二」讀 ai、ɚ，其他「威委未」讀 ei。至於「唉」字和「而爾二」放在一起，是否即代表它們的語音必定一樣？若以今東北方音「唉」讀 [ai] 與「而爾二」讀 [ɚ] 迥異來看，二者讀音不同，而此種差異應該在清代時即如此，並非始於現代。引人注意的是，都四德除了在「唉聲字」裡收錄「唉」字外，又在「哀聲字」裡收錄「欸」字，個人觀察 11 個方言點後，獲悉在佳木斯、丹東二地「唉」讀 [ai]、「欸」讀 [ei]；黑河和通化二地則「唉」讀 [ai] 而無「欸」字；白城、長春二地是「唉」讀 [nai] 無「欸」字；齊齊哈爾、哈爾濱、瀋陽、錦州、大連五地則是皆無「唉、欸」字，可見二字讀音確實有別。因此，個人部分同意王松木主張「唉而爾二」讀音近似的看法，[ai] 和 [ɚ] 雖然主要元音不同，但在發音時畢竟較近似，都四德或許是考慮到音近且零聲母的因素，所以才將此四字列在一起吧！

　　日母字的讀音與音韻行為常與該音系中的照系字習習相關，在《黃鐘通韻》裡區分齒屬「知痴詩日」和牙屬「貲慈思」二類，但牙屬精系下卻注明「本等字同齒屬下等」，顯然精系洪音字獨立一類，精系細音字則歸入齒屬照系的齊齒呼和撮口呼內，此舉顯示歸入齒屬的精、照二系已讀成同音。如以上舉 11 個東北方言點來看，其中 ts 與 tʂ 的讀音類型有以下四種：

1. ts、tsʻ、s 與 tʂ、tʂʻ、ʂ、ʐ 二分—如黑河、哈爾濱、大連

屬之。
2. 都讀成 ts、tsʻ、s、z 一類—如齊齊哈爾、瀋陽、長春屬之。
3. 僅有 ts、tsʻ、s 一類—如丹東、佳木斯、白城、通化屬之。
4. 僅有 tʂ、tʂʻ、ʂ、ʐ 一類—如錦州屬之。

《黃鍾通韻》裡儘管顯示出「知痴詩日」和「貲慈思」分立的狀態，但實際上卻已部分 ts、tʂ 混讀，且混讀方向是精系混入照系中。證諸以上四種類型，較近於錦州但也不盡相合，雖然不能排除《黃鍾通韻》裡的 ts、tʂ 已朝混讀的方向走或正在合併的過程中，但最後結果是否真如現今錦州音系般，我們也無法斷然肯定。因此，終究只能說《黃鍾通韻》的精、照系以及日母字讀音反映些許東北方音，但整體而言是否就是反映遼寧語音，仍有待商榷。

至於都四德自署「長白人」一詞，所指是否即長白山亦有爭議，陳喬以考證「長白」入手，確定作者的籍貫和居住地，認為都四德為今東北吉林人士，韻圖也反映吉林方音特點；但王為民不同意此觀點，他認為「長白是滿族人的郡望，不是都四德的確切籍貫。」[10]。汪銀峰（2010：87）贊同王為民的論點，進而指出「長白，即長白山，金代始稱，明代屬努爾干都司建州衛地，為滿族發祥地，所以清朝統治者將此地列為封禁之地。〝長白〞作為地方行政機構的名稱，則始於清代末期。…長白不是都四德

---

[10] 以上陳喬和王為民的觀點，轉引自汪銀峰（2010）〈滿族學者在近代語音研究的貢獻之一──《黃鍾通韻》與遼寧語音研究〉一文。

的確切籍貫，也就無法作為判斷《黃鍾通韻》基礎方言的依據了。」個人同意王為民與汪銀峰的說法，也認為都四德自署長白應該是一籠統稱呼，該地原為滿族發源地，後來設立為行政機構並得到清廷的保護，但非都四德確切籍貫來源。都氏之所以冠上此一名稱，個人推測或許是為了不忘本源，自明來自東北滿族。

三、《音韻逢源》和《正音切韻指掌》裡的日母字

3.1 《音韻逢源》是一本同音字譜式的等韻圖，成書於清道光庚子（1840 年），作者裕恩是滿清正藍旗人，生年不詳，卒於清道光 26 年。關於此圖所反映的基礎音系，原本高曉虹（1999）和楊亦鳴、王為民（2003、2004）都認為此圖是「以當時京師音系為基礎」而編成的，因而它基本上可以代表清中後期的北京音系[11]；但是鄒德文、馮煒（2008）把《黃鍾通韻》、《音韻逢

---

[11] 高曉虹在〈《音韻逢源》的陰聲韻母〉（1999）一文中，將《音韻逢源》與北京音系相比對，從而認為「《音韻逢源》反映了一百多年前的北京話，尤其北京話的入聲字有文白異讀現象，《音韻逢源》中也確實存在著文白異讀」。楊亦鳴、王為民二人則先後於〈《圓音正考》與《音韻逢源》所記尖團音分合之比較研究〉（2003）、〈《音韻逢源》底畢胃三母的性質〉（2004）二文內論證，以為「此圖反映的也是北京音」。其實高、楊、王三人之所以認為《音韻逢源》的基礎音系是北京音，實際上是植基於《音韻逢源·序》中所言：「惜其不列入聲，未免缺然。問之則曰『五方之音，清濁高下，各有不同，當以京師為正。其入聲之字，或有作平聲讀音，或有作上去二聲讀音，皆分隸於三聲之內，周德清之《中原音韻》、李汝珍之《音鑑》皆詳論之矣。』」而清代的京師語音當然是指北京音。

源》二圖與中古《廣韻》以及現今東北方言比對後，卻主張「二圖皆反映東北方音，而非北京音」。顯然鄒、馮二人對《音韻逢源》的觀點與其他學者迥異，這說明對於此圖所展現的實際音系仍有討論空間。其聲韻調系統如下：

  1. 聲母有 21 個「角亢氐房心尾箕斗牛女虛危室壁奎婁胃昴畢觜參」，比《重訂司馬溫公等韻圖經》多出疑母和微母。

  2. 韻母依地支分為十二攝，依序是「子丑寅卯辰巳午未申酉戌亥」。每一韻攝下復依介音的不同而分為四部，如第一乾部：合口呼光等十二音是也；第二坎部：開口呼剛等十二音是也；第三艮部：齊齒呼江等十二音是也；第四震部：撮口呼（滿文）居汪切等十二音是也。其中前四部為陽聲韻，後六部為陰聲韻，古入聲韻併入陰聲韻中。裕恩既然採入聲韻歸陰聲韻的方式，顯示入聲韻尾已丟失、併入陰聲韻內。

  3. 聲調分為上平聲、下平聲、上、去四類，入聲字派入四聲。此舉進一步顯示也無入聲調存在。[12]

  鄒德文、馮煒（2008）曾指出《音韻逢源》的聲母有兩個特點：「一是出現多例莊、精二系互混情形。二是日母字的表現特別，日母字除了與喻母相混外，也多讀成零聲母」。這兩個特點乍看與《黃鍾通韻》頗為相似，但經個人仔細檢視過《音韻逢源》後，卻發現在《音韻逢源》裡明顯區分「女虛危」三母（即「咂擦薩」）收精系洪、細音字（約 1273 字）以及「室壁奎」三母（即「渣叉沙」）收知莊照系開、合口字（約 1505 字）兩類，彼此不混讀，可見讀音不同，此一特點與《黃鍾通韻》不

---

[12] 詳參宋韻珊（2014：202-203）。

同。下以子部一開口呼為例：

女虘危（咂擦薩）—臧賊牂髒藏葬倉蒼滄喪嗓揉顙（精系字）

室璧奎（渣叉沙）—張漲脹丈仗杖長暢場腸（知系字）/章掌障昌廠唱倡常商傷賞上尚（照系字）

雖然鄒德文、馮煒（2008）在考察《音韻逢源》時，發現知系字內混入三例精系字「奘、栓、省」，而精系內則出現五例莊系字「潛、仄、策亢切、梢、脣雅切」，但以全書精系收字約 1273 字、照系收字約 1505 字來看，其中分別混入三例與五例他系字，其實所佔比例極低，況且此八例中的「奘潛仄」今北京音也讀同精系，因此，並非如鄒德文、馮煒（2008：73）所言「《音韻逢源》裡出現了多例莊組字與精組字相混的情況」，個人以為此說值得懷疑。

如果再以《音韻逢源》裡的精、照系字對應今東北方音的話，除了大連、黑河與哈爾濱三地有區分 ts、tʂ 兩套聲母外，其餘的 8 個方言點都僅有 ts 或 tʂ 一套聲母。以《音韻逢源》成書於十九世紀來看，書中的精、照二分若非反映的是東北少數仍分 ts、tʂ 二類聲母的方言音系，否則便是延續傳統韻書韻圖的格局。

另外，裕恩將日母字獨立一類，列於最後，收純粹日母字，除了混入極少數幾例如「瑞叡銳月絮」等非日母字外，大抵日母字並不與喻、為、影諸母字相混，此點與《黃鍾通韻》大為不同。下舉部分例字並對照今東北方音來說明：

(1) 丑部二合口呼參母（即日母）—輭愞蝡蠕—yan/zuan
(2) 丑部二開口呼參母（即日母）—染冉苒姌橪然燃髥肒蚦

—ian/zan

(3) 寅部三合口呼參母（即日母）—冗氄戎絨貁茙毭駥犪茸髶—yŋ/zuŋ

(4) 辰部五開口呼參母（即日母）—擾繞遶饒橈荛蟯嬈襓—iau/zau

由以上日母處的列字可明顯看出《音韻逢源》內的日母字所收大抵來自中古的純日母字無誤，這些字在現今東北方音裡有七個方言點（瀋陽、丹東、大連、佳木斯、白城、長春、通化）是讀成零聲母，有四個方言點（錦州、黑河、齊齊哈爾、哈爾濱）是讀成 z̩ 聲母，讀成 z̩ 聲母的除錦州是在遼寧省外，其他集中於黑龍江省。既然《音韻逢源》裡的日母字獨立一類，又基本上不混入喻、為、影諸聲母字，似可說明該書的日母字讀音應該是 z̩。

至於「而爾二」歸入未部氏母下的作法，說明已是讀成零聲母的 ɚ，此點同《黃鍾通韻》。因此，鄒、馮二人所言日母與喻母相混的論點，恐怕也值得商榷。

3.2 莎彝尊的《正音切韻指掌》是一部同音字表式的韻圖，成書於清咸豐 10 年（1860），作者是滿人但生平不詳，據馮蒸（1990：24）考證，莎彝尊的主要生活時代是「清咸豐、同治年間」。而從莎彝尊也自署「長白」來看，顯然也如都四德般，以此標示郡望來源。此圖以韻為總綱，每圖以韻領首，直排聲母（作者稱字音），聲母旁除了注上滿文讀音外，又橫列同音字。有趣的是，莎氏仿《韻鏡》作法，在凡例中還列舉字母助紐字。其聲韻調系統如下：

1. 聲母有 20 個，分別是「戛喀、哈阿、搭他拏、巴葩媽、

拉髶、渣叉沙、帀擦薩、發襪」，這個系統與《韻略易通》的「早梅詩」頗相似。引人注意的是，此圖仍獨立 [v-] 母一類，且收字全來自中古微母字，不摻雜喻母、疑母等來源。不過，此類字有分加圈和不加圈兩類，如同一類的「文、扰、問」在恩韻第五內的讀音是加圈的，但在溫韻第七中卻不加圈；同一類的「微、尾、未」在餒韻第二十中是加圈的，但在威韻第二十二中卻不加圈。若以都四德《黃鍾通韻》裡也設有「倭」母 [v] 而莎氏又說加圈是北燕讀音來看，或許把微母字讀成 [v] 是東北方音的體現。然則如此一來，莎氏在書中顯然同時收錄了北燕與其他方言兩類讀音。

2. 韻母有 35 個，分別是：西占翁、安恩、灣溫、汪宏[13]、央英雍、淵淆、烟因、阿婀衣、哀餒、歪威、挨曳[14]、窊窩烏、爊歐、夭幽、呀爺於、約曰，莎氏稱 35 字韻。

3. 聲調為五聲，即上平、下平、上、去、入。此圖有入聲，除了在「阿婀衣窊窩烏呀爺於」九韻中有入聲調外，還有「約曰」二個入聲韻，相當特別[15]。

莎彝尊將日母字（即髶母）獨立一類，列於「拉母」（即來母）之後，大抵收純粹來自中古的日母字如「穰壤讓仍軟孺然染人忍日入蕊芮」等，全書中除了少數原本是喻母字的「汭芮枘蚋蜹叡銳睿」等，也被歸入日母處外，不見其他喻、為、影諸母字相混。問題是，今北京音把「穰壤/汭芮」兩類字都讀成 z 聲

---

13 「宏」字外加圈，據莎彝尊凡例中所言：「正文間有寫圈內者，乃北燕相沿成俗之語音也。」
14 「曳」字外加圈。
15 詳參宋韻珊（2014：208-209）。

母,這是否說明《正音切韻指掌》內的日母字聲母讀音應該是 z 呢?如此將與《黃鍾通韻》大為不同。

引人注意的是,書中有些日母字直接列出如「戎茸絨冗氄蕊榮蕊蕤緌」等字;但有些日母字卻分成加圈與不加圈兩種,如因韻第十五的「人忍刃」不加圈,可是恩韻第五的人[16]「仁壬任紉紝」、忍[17]「荏飪稔」、刃[18]「任妊衽賃認」等字卻有加圈。據莎氏在凡例中所言「各韻直行字遵依 字典,正文間有寫圈內者,乃北燕相沿成俗之語音也。」,此語似乎說明加圈者為東北地區方音。查「北燕」(407-436A.D.)是十六國時期鮮卑化的漢人馮跋所建立的政權,407 年馮跋滅後燕,擁立高雲(慕容雲)為天王,建都龍城(今遼寧省朝陽市),仍舊沿用後燕國號。409 年高雲被部下離班、桃仁所殺,馮跋平定政權後即天王位於昌黎(今遼寧省義縣),據有今遼寧省西南部和河北省東北部,436 年被北魏所滅[19]。從北燕所領轄區來看,相當於今遼寧省地區[20],因此推測莎氏「凡例」中所謂北燕語音,很可能便是指清代的遼寧方音;不過,所謂「北燕」也可能指的是當時的北京而言[21],因此「北燕」一詞便有兩種可能,一種指遼寧,一種指北京。既然莎氏以加圈來區別北燕語音與非北燕語音,而現今

---

16 「人」字外加圈。
17 「忍」字外加圈。
18 「刃」字外加圈。
19 詳參維基百科。
20 據《普通話基礎方言基本詞匯集》(語音卷)(1994)「錦州音系」處的說明,顯示現今錦州的地理位置便是古代北燕的根據地。
21 此點承蒙王松木教授指點與提醒,至為感謝。

東北地區又多半把日母字讀成零聲母,因此《正音切韻指掌》裡的日母字應該有兩大類,完全不加圈的讀成 [z];如「人忍刃」有加圈與不加兩種的,不加圈的讀 [z]、加圈的讀 [ø]。

至於「而爾二」也歸在衣韻日母內,並未如《黃鍾通韻》般改歸入影喻母中。《正音切韻指掌》的衣韻包括 i 和 ï 兩類韻母,既然「而爾二日入」等字歸在同一聲母以及同一 ï 韻內,只是聲調不同,且又不加圈,推測聲母也許還是 z̦。

關於精系字與照系字的歸屬,莎氏在書中區分「渣叉沙」收知莊照系開、合口字以及「帀擦薩」收精系洪、細音字兩類,所選用的聲母代表字與《音韻逢源》頗相似,但彼此不混讀,可見讀音不同,此一特點又與《黃鍾通韻》不同。下以占韻第二為例:

渣叉沙―貞禎楨撐樫蟶呈程裎醒澄橙懲根(知系字)/爭箏錚生甥笙牲鉎崢省(莊系字)/正征鉦蒸升聲成承城誠盛乘繩宬整症政秤聖剩勝(照系字)

帀擦薩―曾憎增繒噌僧層贈甑蹭(精系字)

既然《正音切韻指掌》裡明確區分精、照二系字且彼此不混,說明書中應仍維持 tʂ 與 ts 兩類聲母格局,但特別的是,莎氏卻在衣韻第十八中同時臚列了「知癡師、齎妻西、孜雌絲」三套聲母,比其他韻目多了一套。很顯然在衣韻中主要是收 i 韻母的字,但也兼收 ï 韻類的字,莎氏並未把 ï 韻字獨立一韻和 i 韻字分開來,因此「知癡師」和「孜雌絲」是收 ï 韻的精、照系洪音字,而 i 韻收的是精系細音字。不過,馮蒸(1990)在論及《正音切韻指掌》裡的尖團音時卻有不同解讀,他指出「以《正音切韻指掌》裡只有 20 聲母,且只分"頂齶音組"(渣叉沙)

和〝齒縫音組〞（帀擦薩）這兩套塞擦音和擦音，應不足以拼寫滿文的三套聲母，此由在衣韻中『知痴師』組和『齎妻西』組和『孜雌絲』是完全對立的三套音，而這三組滿文聲母也是三組不同的輔音可證」。所以馮蒸認為「莎氏書中的塞擦音聲母實際上是三套，即 j、c；h、ch；dz、ts，但它們所代表的實際音值是 tʃ、tʃʽ；tʂ、tʂʽ；ts、tsʽ，反而沒有舌面前塞擦音 tɕ、tɕʽ」。換言之，ts 組對應來自中古的精系字，tʃ 組和 tʂ 組都對應來自中古的知系、照系和莊系，所以在《正音切韻指掌》裡，知、莊、照三系聲母因韻母的洪細不同而分成兩套聲母[22]，此種對應與尖團音無關[23]。本文目的不在處理《正音切韻指掌》裡是否有尖團音的問題，只是由該書 35 韻中除了衣韻外皆只臚列精、照二系聲母且照系聲母在他韻也未因韻母的洪細不同而分成兩套聲母觀之，初步認為衣韻的三套聲母應該只是為容納 i 與 ï 兩類韻母所設的權宜之計，是否真如馮蒸所言是為對應知、莊、照三系聲母的洪細不同而分，或可再討論。

　　個人推測莎氏之所以在衣韻分立三套聲母，可能與《正音切韻指掌》所依據的基礎音系不同有關。莎氏在凡例第十條裡提到「此書以《中州韻》為底本，而參之以《中原韻》、《洪武正韻》，更探討於《詩韻輯略》、《五車韻瑞》、《韻府群玉》、

---

[22] 馮蒸（1990）指出如《正音切韻指掌》這般，因知莊照三系聲母的洪細不同而分成 tʃ、tʂ 兩類聲母讀音的現象，也出現在《蒙古字韻》和現今漢語方言如山東榮成、威海、煙台以及江蘇贛榆、河南洛陽等地。

[23] 馮蒸此語主要是針對《正音切韻指掌》裡是否存在尖團音來立論，他的觀點與楊亦鳴、王為民不同，楊、王（2003）二人主張《正音切韻指掌》裡有尖團音，而且莎氏處理尖團音的方式一如裕恩和都四德般。

《五音篇海》、《南北音辨》、《康熙字典》、《音韻闡微》諸書。搜檢二十餘載，仍恐見不到處，識者諒之。」在近代漢語著作中以「中州」為名的語料不少[24]，因此莎氏究竟根據的是哪一個中州韻實無法確定？唯一由聲調分為五調，尚保留入聲調來看，與北京音系或東北方音都不合，若非另有語音依據，就可能是存古。如以莎氏同時結合傳統韻書格局與北燕方音此角度而言，便可解釋莎氏處理聲母時之所以異於裕恩和都四德的原因了。

3.3 一般而言，當需要判別一部語音材料的基礎音系時，研究者們通常是以該材料具備那些語音特徵來辨別。據此，高曉虹（1999）根據《音韻逢源》的陰聲韻母以及宕江曾梗通攝入聲字的文白異讀現象，主張《音韻逢源》反映的是北京音系。汪銀峰（2010）同樣依據《黃鍾通韻》裡的精莊互混、日母與喻母相混、保留倭母 [v] 以及唇音字「波撥坡破摩莫」的主要元音與「歌柯可呵」相同，主張《黃鍾通韻》反映了遼寧方音。鄒德文、馮煒（2008）也是透過比較《黃鍾通韻》、《音韻逢源》和《廣韻》的對比，獲悉《黃鍾通韻》有精莊互混、《音韻逢源》有日母與喻母相混的情形，而提出此二書同具東北方音特徵。

　　由此，我們可看到各研究者們多半依據自己的證據與假設來支持自己的觀點，此做法並非錯誤，問題是，僅僅依據某幾項音韻特徵是否便足以解釋一部語音材料的內部音系呢？如上列同樣

---

[24] 如元代卓從之《中州樂府音韻類編》、明代王文璧《中州音韻》、明代范善溱《中州全韻》、清代王鵕《中州音韻輯要》、清代周昂《增定中州音韻》等，都是以中州命名的語言材料。

由滿人所編纂的三部韻圖,經過解析,固然能得到《黃鍾通韻》的日母與喻母互混、部分精系字混入照系、「而爾二」讀成零聲母等具東北方音特點;三書內同樣保留中古微母字並獨立一類,此由現今東北方音有 [v] 可證。可是三書內卻也同樣保留不少傳統韻書韻圖格局,如三書同樣臚列精系與照系兩套聲母,且除了《黃鍾通韻》有部分相混外,其他二書皆分別不混,然而現今東北方音其實多半僅剩 ts 或 tʂ 一套聲母而已;再如,《黃鍾通韻》和《正音切韻指掌》皆分聲調為五,雖然《黃鍾通韻》內的入聲實際上已派入陰聲韻內,而《正音切韻指掌》裡的五調和兩個入聲韻,既吸收《中原音韻》的平分陰陽,又兼容傳統韻圖保留入聲韻的作法,這與現今東北 11 個方言點內都只有陰平、陽平、上、去四調並不相符;又如,除了《黃鍾通韻》裡日、喻、影、為諸聲母讀成零聲母,符合今東北方音外,《音韻逢源》和《正音切韻指掌》卻基本讓日母獨立一類,不與喻母相混,此現象與今東北方音並不相同[25];至於三書都保留微母(即倭母)且讀成 [v] 的作法,看似展現東北方音特點,但統計 11 個方言點內的微母字今讀音,發現除了黑河、齊齊哈爾、哈爾濱和佳木斯四地外,其餘七個方言點的微母字都讀成零聲母,因此是否能以微母讀成 [v] 來作為判斷是否具東北方音,也是值得商榷的。換言之,要擇取正面有利的證據容易,但也要能同時呈顯反面的證據。是以,在面對一部語音材料時,我們似乎只能說它們具有某些東北方音特點,但不全然映現東北方音,尤其是面對一部可能

---

[25] 《中國語言地圖集》(1987) 即指出「東北官話大部分地區沒有 [z] 聲母,北京話讀 [z] 聲母的字東北官話一般讀零聲母。」

雜揉不同語音成分的材料時。而釐析該材料中那些具現方音特點，那些傳承舊韻圖脈絡，恐怕是更重要的，也才能較清楚且全面地探析其中的音系內涵。

四、結語

　　本文藉由《黃鍾通韻》裡日母字的歸屬與讀音出發，希望透過與現今東北方音的對比，觀察其間所呈現的音韻特徵有那些符合、那些相異？同時兼及另兩部同樣成書於清代且同樣由滿人所編纂的《音韻逢源》和《正音切韻指掌》，比較三書的日母字與精、照系字的音韻格局，釐析前輩學者的研究中可能忽略的層面。

　　本文的撰寫目的不在推翻前說，而是提出自我反省與檢討，當多項語音證據都指向同一音系時，是否就能斷定是某一方音，其中是否也摻雜著其他可能性呢？尤其明清兩代的韻書韻圖儘管編纂形式多樣，但不乏映現時音之餘仍恪守舊韻書韻圖的語音架構，此由《音韻逢源》和《正音切韻指掌》裡可獲得充分印證，他們同時維持著舊韻圖的語音格局卻又在其間混入部分方音色彩，使得研究者們不易見其全貌而各自揣測驗證。個人以往並不認為依據某些項或多項音韻特徵來判斷語料音系此一研究方法是有問題的，但近來卻深感正面的證據容易取得，鋪陳在背後的尋常反面證據卻常被忽視，而這其實相當重要，因此希望藉由對這三部韻圖的討論，自我檢討並提醒反面證據的必要性。而在此認知前提下，明清兩代重疊兩種音系以上屬於複合性架構的語言材料，恐怕遠比我們想像的多。

引用書目

中國社會科學院和澳大利亞人文科學院合編，1987，《中國語言地圖集》，香港：朗文書局。

王松木，2003，〈等韻研究的認知取向——以都四德《黃鍾通韻》為例〉，《漢學研究》第 21 卷第 2 期，頁 337-365。

王為民、楊亦鳴，2004，〈《音韻逢源》底畢胃三母的性質〉，《民族語文》4，頁 57-65。

汪銀峰，2010，〈滿族學者在近代語音研究的貢獻之一——《黃鍾通韻》與遼寧語音研究〉，《滿族研究》3（總第 100 期），頁 86-89。

宋韻珊，2014，《共性與殊性——明清等韻的涵融與衍異》，臺北：臺灣學生書局。

耿振生，1992，《明清等韻學通論》，北京：語文出版社。

高曉虹，1999，〈《音韻逢源》的陰聲韻母〉，《古漢語研究》4（總第 45 期），頁 79-81。

馮蒸，1990，〈關於《正音切韻指掌》的幾個問題〉，《漢字文化》1，頁 24-40。

陳章太、李行健編，1994，《普通話基礎方言基本詞匯集》（語音卷），北京：語文出版社。

莎彞尊，1860，《正音切韻指掌》，清咸豐 15 年麈談軒刻本，中國社會科學院語言研究所藏。

都四德，？，《黃鍾通韻二卷附琴圖補遺》（北京圖書館藏清乾隆刻本），臺南：莊嚴文化事業有限公司（四庫全書存目叢書版）。

郭繼文，2010，《《黃鍾通韻》音系研究》，國立雲林科技大學漢學資料整理研究所碩士論文。

裕恩，1840，《音韻逢源》，清道光聚珍堂刻本，北京大學圖書館藏。

楊亦鳴、王為民，2003，〈《圓音正考》與《音韻逢源》所記尖團音分合之比較研究〉，《中國語文》2（總第 293 期），頁 131-136。

趙蔭棠，1985，《等韻源流》，臺北：文史哲出版社。

應裕康，1972，《清代韻圖之研究》，臺北：弘道文化事業有限公司。

鄒德文、馮煒，2008，〈《黃鍾通韻》《音韻逢源》的東北方言語音特徵〉，《佳木斯大學社會科學學報》第 26 卷第 6 期，頁 72-74。
維基百科，網址：https://2h.wikipedia.org/2h-hant/Wikipedia 2015.9.30

本文初稿發表於第十四屆國際暨第三十三屆全國聲韻學研討會，東吳大學中文系主辦，2015.10.23-24。

明清韻書韻圖的繼承性與殊異性
——以清代三部滿人著作為例

中文提要

　　本文選擇清代三部由滿人所編纂之韻圖,取其韻目內容與《中原音韻》、《洪武正韻》、《韻略易通》、《音韻闡微》四書進行比對,希望找出其繼承性與殊異性之處,以明瞭歷代韻書韻圖編纂的內外考量因素。經過比較,發現儘管明清韻書韻圖在內容與形制上看似類型多樣,時音、方音、古音或是雜揉或是單一,相較宋元韻圖來的多樣化,但其實其間存在著巨大的同質性與繼承性,他們彼此間的差異遠比我們想像的小的多,它們對於傳統的繼承也遠比我們所以為的來的大。因此,明清階段的語言材料彼此間的差異,其實只是大同下的小異罷了。

關鍵詞:《音韻逢源》、《黃鍾通韻》、《正音切韻指掌》、《中原音韻》、《洪武正韻》、《韻略易通》、《音韻闡微》、東北方音

一、前言

　　自《切韻》問世以來,對於後代韻書韻圖的編纂影響極大,《廣韻》、《集韻》、《禮部韻略》、《五音集韻》及平水韻等

雖在韻目分合上各有其考量，但整體的音韻架構卻不脫《切韻》骨架，甚至到了元明清的《中原音韻》、《洪武正韻》、《韻略易通》、《音韻闡微》等韻書，雖然音系內容看似差異頗大，但在韻目的繼承與分合上卻顯現出驚人的相似性。這其中又可分為官修韻書與民間編纂兩條路線，《洪武正韻》和《音韻闡微》明顯繼承自《廣韻》系統，二書在韻目上雖大量合併，但韻目名稱卻大體沿用不變且維持陰陽入三分格局[1]，如仍使用東、陽、庚、支、麻、歌等韻目名稱。《中原音韻》和《韻略易通》則繼承了《四聲等子》、《經史正音切韻指南》二圖分為 16 攝的分韻架構，分別以 19 韻部和 20 韻目統攝所有音韻內容，只是名稱改為二字而已。《中原音韻》和《韻略易通》二書的韻目數量雖然已相當簡化，但從韻目名稱的選用上如東鍾（東洪）、江陽、家麻、支思（支辭）等，仍可看出也是承襲自《廣韻》系統以來的韻目名稱。

在如此相似的韻部名稱與韻部分合下，不由得令人懷疑其間究竟存在著何種機制在運作或引導，使得這些看似各異的語言材料居然走向殊途同歸的音韻架構，因此本文選擇清代三部由滿人所編纂之韻圖，取其韻目內容與《中原音韻》、《洪武正韻》、

---

[1] 如《洪武正韻》的平聲有 22 韻，分別是「東支齊魚模皆灰真寒刪先蕭爻歌麻遮陽庚尤侵覃鹽」（舉平以賅上去）以及入聲 10 韻，分別是「屋質曷轄屑藥陌緝合葉」；《音韻闡微》的平聲有 30 韻，分別是「東冬江支微魚虞齊佳灰真文元寒刪先蕭肴豪歌麻陽庚青蒸尤侵覃鹽咸」（舉平以賅上去），入聲有 17 韻，分別是「屋沃覺質物月曷轄屑藥陌錫職緝合葉洽」，二書所選用的韻目名稱頗為相似，也與《廣韻》幾無二致。

《韻略易通》、《音韻闡微》四書進行比對，希望找出其繼承性與殊異性之處，以明瞭歷代韻書韻圖編纂的內外考量因素。

二、明清韻書韻圖編纂的繼承性

2.1 三部滿人韻圖的編排體例

《音韻逢源》、《黃鍾通韻》與《正音切韻指掌》是刊刻於清代，由滿人所編纂的三部韻圖，由於滿族的發源地在東北，因此衍生出三部韻圖是否反映東北方音的討論。前二圖皆分韻為12，與《正音切韻指掌》的 35 韻雖看似差異頗大，但合併四呼後其實《正音切韻指掌》僅剩 15 類，以下先分別簡單敘述三部韻圖的編排體例，然後再將三部韻圖的韻目內涵與《中原音韻》、《洪武正韻》、《韻略易通》、《音韻闡微》四書進行比對，以呈顯其間的同質性。

2.1.1 《音韻逢源》的編排體例[2]

《音韻逢源》是一本同音字譜式的等韻圖，成書於清道光庚子（1840 年），作者裕恩是滿清正藍旗人，生年不詳，卒於清道光 26 年。關於此圖所反映的基礎音系，原本高曉虹（1999）和楊亦鳴、王為民（2003、2004）都認為此圖是「以當時京師音系為基礎」而編成的，因而它基本上可以代表清中後期的北京音

---

[2] 關於《音韻逢源》、《黃鍾通韻》與《正音切韻指掌》三部韻圖的編排體例，詳參宋韻珊《共性與殊性——明清等韻的涵融與衍異》（2014：202-210）內所論。

系[3]；但是鄒德文、馮煒（2008）把《黃鍾通韻》、《音韻逢源》二圖與中古《廣韻》以及現今東北方言比對後，卻主張「二圖皆反映東北方音，而非北京音」。顯然鄒、馮二人對《音韻逢源》的觀點與其他學者迥異，這說明對於此圖所展現的實際音系仍有討論空間。其聲韻調系統如下：

1. 聲母有 21 個「角亢氐房心尾箕斗牛女虛危室璧奎婁胃昴畢觜參」，比《重訂司馬溫公等韻圖經》多出疑母和微母。

2. 韻母依地支分為十二攝，依序是「子丑寅卯辰巳午未申酉戌亥」。每一韻攝下復依介音的不同而分為四部，如第一乾部：合口呼光等十二音是也；第二坎部：開口呼剛等十二音是也；第三艮部：齊齒呼江等十二音是也；第四震部：撮口呼（滿文）居汪切等十二音是也。其中前四部為陽聲韻，後六部為陰聲韻，古入聲韻併入陰聲韻中。裕恩既然採入聲韻歸陰聲韻的方式，顯示入聲韻尾已丟失、併入陰聲韻內。

3. 聲調分為上平聲、下平聲、上、去四類，入聲字派入四

---

[3] 高曉虹在〈《音韻逢源》的陰聲韻母〉（1999）一文中，將《音韻逢源》與北京音系相比對，從而認為「《音韻逢源》反映了一百多年前的北京話，尤其北京話的入聲字有文白異讀現象，《音韻逢源》中也確實存在著文白異讀」。楊亦鳴、王為民二人則先後於〈《圓音正考》與《音韻逢源》所記尖團音分合之比較研究〉（2003）、〈《音韻逢源》底畢胃三母的性質〉（2004）二文內論證，以為「此圖反映的也是北京音」。其實高、楊、王三人之所以認為《音韻逢源》的基礎音系是北京音，實際上是植基於《音韻逢源・序》中所言：「惜其不列入聲，未免缺然。問之則曰『五方之音，清濁高下，各有不同，當以京師為正。其入聲之字，或有作平聲讀音，或有作上去二聲讀音，皆分隸於三聲之內，周德清之《中原音韻》、李汝珍之《音鑑》皆詳論之矣。』」而清代的京師語音當然是指北京音。

聲。此舉進一步顯示也無入聲調存在。

2.1.2 《黃鍾通韻》的編排體例

　　《黃鍾通韻》是由滿族鑲紅旗人都四德所編撰，他自署「長白人」，此書成於清乾隆年間。由於都四德本人精通音律，因此這是一部討論樂律的書，原非專為音韻而作。他在序中自言「將前後三十餘年日積月累，或搜之於古，或取之於今，數百篇中刪繁就簡，補闕證疑，草成是稿，名曰黃鍾通韻。特為音律之元，非敢竊比詩韻耳。」此書內容輕短，正如作者所言是精簡後的結果。

　　《黃鍾通韻》內容分上下兩卷，上卷為：律度衡量第一、五音位次第二、六律第三、七均第四、五音六律三分損益上下相生第五、律呂名義第六、律本第七；下卷為：循環為宮第八、聲字第九、律數第十。「黃鍾」一名本於古代樂律名稱，為十二律之首。雖全書主要是講樂律的，但在下卷的「聲字第九」則附有等韻圖，全圖分為十二韻，即十二律；橫排聲母，依喉舌齒唇牙等發音部位列出 22 聲母；復依介音四呼直列四欄，每一欄內再據聲調分為五，「每字有上下二等，每等有輕有重，按平上去入，繪成通韻一卷。」。耿振生（1992：184）認為「此韻圖表現的是漢語語音系統，雖然清代有幾部韻書都是由滿人編纂，但唯有此書帶有東北方音特點[4]」。以下簡述其聲韻調系統：

　1. 聲母為「歌柯呵哦、得特搦勒、勒知痴詩日、白拍默佛

---

[4] 個人對於耿振生的說法略有異議，其實年希堯的《新纂五方元音全書》也是由滿人編纂，內容同樣也反映遼寧方音，並不如耿氏所言，只有都四德的《黃鍾通韻》如此。

倭、貲覭思日」，表面上看來有 22 聲母，實際上不然。勒母和日母重出兩次，其中一勒母下有字，另一勒母下無字，顯然是虛位；而齒屬日母下有字，但牙屬的日母下則無字，情形一如勒母。因此若去除重複二母，應只有 20 聲母。

2. 韻目分為十二：咿嗚唉哀哦阿喑唵嚶吪嘔嗷，除「阿」字外，全為口部字，相當特別。作者在〈聲字第九〉中明言「以上共十二字，即是十二枝，陰陽各六，即是六律，人之聲音言語，只有此十二聲字。」，每韻依輕上、輕下、重上、重下分為四等，相當於開齊合撮四呼。

3. 聲調分為五，輕類字為「輕平、上平（下平）、上、去、入」；重類字則為「重平、上平（下平）上、去、入」，來自中古的入聲字派入陰聲韻內。此舉與《音韻逢源》略有不同，似乎顯示《黃鍾通韻》內雖已無入聲韻，但仍保留入聲調以顯示其中古來源。

2.1.3 《正音切韻指掌》的編排體例

莎彝尊的《正音切韻指掌》是一部同音字表式的韻圖，成書於清咸豐 10 年（1860），作者是滿人但生平不詳，據馮蒸（1990：24）考證，莎彝尊的主要生活時代是「清咸豐、同治年間」。而從莎彝尊也自署「長白」來看，顯然也如都四德般，以此標示郡望來源。此圖以韻為總綱，每圖以韻領首，直排聲母（作者稱字音），聲母旁除了注上滿文讀音外，又橫列同音字。有趣的是，莎氏仿《韻鏡》作法，在凡例中還列舉字母助紐字。其聲韻調系統如下：

1. 聲母有 20 個，分別是「戛喀、哈阿、搭他拏、巴葩媽、

拉髻、渣叉沙、币擦薩、發襪」，這個系統與《韻略易通》的「早梅詩」頗相似。引人注意的是，此圖仍獨立 [v-] 母一類，且收字全來自中古微母字，不摻雜喻母、疑母等來源。不過，此類字有分加圈和不加圈兩類，如同一類的「文、抆、問」在恩韻第五內的讀音是加圈的，但在溫韻第七中卻不加圈；同一類的「微、尾、未」在餕韻第二十中是加圈的，但在威韻第二十二中卻不加圈。若以都四德《黃鍾通韻》裡也設有「倭」母 [v] 而莎氏又說加圈是北燕讀音來看，或許把微母字讀成 [v] 是東北方音的體現。然則如此一來，莎氏在書中顯然同時收錄了北燕與其他方言兩類讀音。

2. 韻母有 35 個，分別是：卮占翁、安恩、灣溫、汪宏[5]、央英雍、淵蒳、烟因、阿婀衣、哀餕、歪威、挨曳[6]、窊窩烏、燶歐、夭幽、呀爺於、約曰，莎氏稱 35 字韻。此圖雖看似韻母數量眾多，其實有多韻都是同一韻依開齊合撮分立為幾個韻罷了，經過整合後其實只有 15 類。

3. 聲調為五聲，即上平、下平、上、去、入。此圖有入聲，除了在「阿婀衣窊窩烏呀爺於」九韻中有入聲調外，還有「約曰」二個入聲韻，相當特別。

以上三部韻圖的聲母數量皆在 20-22 之間，這與《中原音韻》的 21 聲母、《韻略易通》的 20 聲母相當；韻目則在 12-15 之間，就數目上來看雖比《中原音韻》、《韻略易通》的 19、20 數量少，但更近似《元韻譜》、《五方元音》的 12 韻，顯然

---

5 「宏」字外加圈，據莎彝尊凡例中所言：「正文間有寫圈內者，乃北燕相沿成俗之語音也。」

6 「曳」字外加圈。

是又進一步合併下的結果。聲調在 4-5 調之間，三圖除《正音切韻指掌》外，大多主張無入聲，這與《中原音韻》反映北方實際口語也相合。因此，如果我們說《中原音韻》的體例影響元代以後民間韻書韻圖的編纂架構極大，應是可信的。

2.2 三部滿人韻圖與《中原音韻》等四部韻書的韻目對比

　　《黃鍾通韻》和《音韻逢源》都分韻部為十二，雖然都四德在〈凡例〉中提到是取自「我朝清文十二章」；裕恩在〈音韻逢源序〉中也說「以國書十二字頭參合華嚴字母，定為四部十二攝」，顯然都是以滿文 12 字頭來做為韻圖中之所以分為 12 韻的依據。但若檢視早在明末的《元韻譜》及《五方元音》，也都是以 12 佸和 12 韻部的方式來分韻[7]，那麼《黃鍾通韻》和《音韻逢源》的 12 韻是單純取滿文 12 音而來，還是其實也兼受到《元韻譜》和《五方元音》影響呢？也未可知。引人注意的是，《元韻譜》與《五方元音》的十二韻攝又可遠宗《中原音韻》的 19 韻部以及《韻略易通》的 20 韻，而《中原音韻》的 19 韻部其實又是繼承自《四聲等子》與《經史正音切韻指南》的 16 攝而來。

　　本文選擇反映時音的《中原音韻》及《韻略易通》，加上代表官修韻書的《洪武正韻》與《音韻闡微》，以這四部韻書來和這三部滿人韻圖的韻目相比對，觀察其間的分合與歧異，以明彼此是否具繼承性。以下進行對比時的編號如下：

7　《元韻譜》的 12 佸為「弅揬奔般裦幫博北百八字卜」；《五方元音》的 12 韻為「天人龍羊牛獒虎駝蛇馬豺地」。

A.《音韻逢源》　　B.《黃鍾通韻》　　C.《正音切韻指掌》
1.《中原音韻》 2.《洪武正韻》 3.《韻略易通》 4.《音韻闡微》

A.子攝	B.唝聲字	C.卮、汪、央
1.江陽	1.江陽	1.江陽
2.陽	2.陽	2.陽
3.江陽	3.江陽	3.江陽
4.江/陽	4.江/陽	4.江/陽/庚

A.丑攝	B.唵聲字	C.安、淵、烟
1.寒山/桓歡/先天/監咸/廉纖	1.寒山/桓歡/先天/監咸/廉纖	1.寒山/先天/監咸/廉纖
2.寒/刪/先/鹽/覃	2.寒/刪/先/鹽/覃	2.刪/先/鹽/覃
3.山寒/端桓/先全/緘咸/廉纖	3.山寒/端桓/先全/緘咸/廉纖	3.山寒/先全/緘咸/廉纖
4.寒/刪/元/咸/鹽	4.寒/刪/先/咸/鹽/覃	4.寒/刪/先/元/咸/鹽/覃

A.寅攝	B.嚶聲字	C.翁、雍、占、英
1.東鍾/庚青	1.東鍾/庚青	1.東鍾/庚青
2.東/庚	2.東/庚	2.東/庚
3.東洪/庚晴	3.東洪/庚晴	3.東洪/庚晴
4.庚/青/蒸/東	4.庚/青/蒸/東/冬	4.庚/青/蒸/東/冬

A.卯攝	B.唔聲字	C.恩、因
1.真文/侵尋	1.真文/侵尋	1.真文/侵尋
2.真/侵	2.真/侵	2.真/侵
3.真文/侵尋	3.真文/侵尋	3.真文/侵尋
4.真/文/元/侵	4.真/文/元/侵	4.真/元/侵

A.辰攝	B.嗷聲字	C.爊、夭
1.蕭豪	1.蕭豪	1.蕭豪
2.蕭/爻/藥	2.蕭/爻	2.蕭/爻
3.蕭豪/江陽入聲	3.蕭豪	3.蕭豪
4.蕭/肴/豪尤/覺/藥	4.蕭/肴/豪	4.蕭/肴/豪

A.巳攝	B.哀聲字	C.哀、歪、挨
1.皆來	1.皆來	1.皆來
2.皆/支/泰/陌	2.皆/泰	2.皆/泰
3.皆來/庚晴入聲	3.皆來	3.皆來
4.佳/支/陌	4.佳/灰/泰/支	4.佳/灰

A.午攝	B.嘔聲字	C.歐、幽
1.尤侯	1.尤侯	1.尤侯
2.尤/屋	2.尤	2.尤
3.幽樓/東洪入聲	3.幽樓	3.幽樓
4.尤/屋	4.尤	4.尤

A.未攝	B.唉聲字	C.餒、威
1.齊微	1.齊微/支思	1.齊微
2.灰/支/隊	2.灰/支/隊	2.灰
3.西微/支辭	3.西微/支辭	3.西微
4.齊/支/灰/泰	4.微/支/灰/泰/霽	4.微/支/灰/齊

A.申攝	B.哦聲字	C.窩、婀
1.歌戈	1.歌戈	1.歌戈/車遮
2.歌/遮/曷/藥/陌/合	2.歌/遮/曷/藥/陌/屑/葉	2.歌/曷/藥/陌
3.戈何/遮蛇/庚晴/江	3.戈何/遮蛇/庚晴/江	3.戈何/遮蛇/庚晴/江

陽入聲	陽/端桓/先全入聲	陽/端桓入聲
4.歌/虞/覺/藥/陌/合/職/曷/屑	4.歌/遮/藥/曷/屑/陌/葉	4.歌/覺/藥/陌/合/職/曷/屑/物/質

A.酉攝	B.分見於哀聲字與哦聲字	C.爺
1.皆來/車遮		1.車遮
2.皆/遮/屑/葉		2.遮/屑/葉
3.皆來/遮蛇/先全入聲		3.遮蛇/先全/廉纖入聲
4.歌/佳/麻/屑/葉		4.麻/屑/葉

A.戌攝	B.咿聲字、嗚聲字	C.衣、烏
1.魚模/支思/齊微	1.魚模/支思/齊微	1.魚模/支思/齊微
2.魚/模/支/齊/屋/質/藥/陌/緝	2.魚/模/支/齊/屋/質/陌/緝	2.魚/支/齊/屋/質/藥/陌/緝
3.居魚/支辭/西微/呼模/東洪/庚晴/江陽/真文/侵尋入聲	3.居魚/支辭/西微/呼模/東洪/真文入聲	3.居魚/支辭/西微/呼模/東洪/真文/侵尋入聲
4.魚/虞/尤/支/齊/屋/沃/覺/月/質/物/職/緝/錫/陌	4.魚/虞/支/齊/屋/沃/質/錫/陌/緝/職	4.魚/虞/微/支/齊/屋/沃/覺/緝/陌/職/錫/質

A.亥攝	B.阿聲字	C.阿、窊、呀
1.家麻	1.家麻	1.家麻
2.麻/模/合/轄/陌	2.麻/合/轄/曷	2.麻/合/轄/葉
3.家麻/緘咸入聲	3.家麻/山寒/緘咸入聲	3.家麻/山寒/緘咸入聲
4.麻/佳/歌/肴/黠/曷/合/洽/月	4.麻/歌/卦/黠/曷/合/洽/月	4.麻/佳/歌/陌/黠/曷/合/洽/月/屑/葉

由以上的 12 組韻部對舉中，我們可看到《音韻逢源》等三部韻圖與《中原音韻》等四部韻書間，儘管韻目名稱極為不同，但韻目內容上卻具有高度的相似性。雖然《音韻逢源》等三部韻圖中多已將入聲字派入陰聲韻內，看似與《韻略易通》的陽入相配迥異，也與《洪武正韻》、《音韻闡微》的陰陽入三分不同，但自《中原音韻》以來所呈顯出之東鍾合流、江宕合流、曾梗合流、m/n 韻尾合流、假攝二三等的分化、支思韻的形成等，不僅在一般認為分韻保守的《洪武正韻》中多數得到體現，到了《音韻逢源》等三部韻圖更是已經完成以上諸項音變了。其中只有《音韻闡微》還維持《廣韻》以來的舊格局，雖然韻目大量省併，但庚青分立、豪肴蕭分立、東冬分立、真文分立、寒刪分立、侵覃分立、支微齊分立等，說明成書於清雍正年間的這部韻書是「按鄭樵之譜，列《廣韻》之字，依等韻三十六字母次第，仍一東二冬之舊，以存不遽變古之意。」（王蘭生語）[8]，林慶勳先生（1988：2）也認為《音韻闡微》「可以說祇是傳統韻書的翻版，唯有其中合聲系列反切是根據當時讀音為考慮，以合乎二字急讀成音的要求。」可見這部韻書的編纂目的不為反映時音或實用推廣，而是企圖同時既依循傳統之舊並融合滿文 12 字頭為一爐的理想之作罷了。而由晚出的《音韻闡微》在分韻列字上反比早刊行的《洪武正韻》更保守，也證明反映音韻現象的快慢與否和語言材料問世時間的早晚無關。

其次，在聲母系統上《音韻逢源》等三部韻圖與《中原音韻》等四部韻書間也有高度的相似性，《音韻逢源》等三部韻圖

---

[8] 此處轉引自林慶勳先生所著《音韻闡微研究》（1988）頁 2。

的聲母數都在 20 上下,《中原音韻》與《韻略易通》的聲母數也是 19 與 20,《洪武正韻》與《音韻闡微》則是 31 與 36, 由此可明顯分流出官話口語系統以及傳統韻書兩條路線, 一是存濁, 一是化清。但若加入濁音清化、非敷合流、影喻疑合併、知系與照系合併等音變後, 其實《洪武正韻》與《音韻闡微》也僅剩 20 聲母左右, 可見聲母數量的簡化與省併是宋代以後北方官話區的大趨勢。引人注意的是, 36 字母的名稱自唐末沙門以及《韻鏡》中被刊載使用後, 歷代幾乎都延用不輟, 這使得幫滂明、見溪、端透泥…等聲母名稱已成一固定聲母命名模式, 鮮少改變。

其實除了《音韻逢源》等三部滿人韻圖在聲母與韻目系統上明顯繼承自《中原音韻》等書, 個人也觀察到明清時期的韻書韻圖編纂, 其實在聲、韻、調系統上彼此之間也有著驚人的相似性, 尤其是自元代《中原音韻》以及明代《韻略易通》問世後, 反映官話地區的文獻材料皆深受此二書影響, 使得各個材料雖看似各異, 實際上在編排形式以及語音系統上頗為雷同。以下就列舉部分官話區文獻材料以茲證明:

書名	聲母	韻母	聲調	地區
重訂司馬溫公等韻圖經	22(19)[9]	13 攝	4	北京
元韻譜	21	12 佸	5	河北
五方元音	20	12 韻部	5	河北
拙菴韻悟	22(20)[10]	20[11]	5	河北

9　聲母雖有 22 個, 但其中有 3 個是虛設的, 所以實際上只有 19 個。
10　聲母雖有 22 個, 但其中有 2 個是虛設的, 所以實際上只有 20 個。
11　20 個韻部中有 6 獨韻以及 14 通韻。

韻籟	50(24)[12]	38韻母(12)[13]	5	河北
交泰韻	20	21韻部	6	河南
韻略匯通	20	16韻部	5	山東
等韻簡明指掌圖	19	12攝	5	山東
書文音義便考私編	31(21)[14]	31[15]	4	江淮
西儒耳目資	20	50韻母	5	江淮
五聲反切正韻	19	32	5	江淮
等韻學	38(22)[16]	12韻部	5	江淮
古今中外音韻通例	22(19)[17]	15韻部	5	江淮
諧聲韻學	21	12	4	江淮
泰律篇	20	12韻部	4	雲南

　　由以上所列舉的材料不難看出，在聲母的數量上主要在20上下，韻母則以12韻部比例最高，聲調在4-5調之間。上舉這些材料的音韻架構與《音韻逢源》等韻圖的編排格局，大抵一致，因此，我們是否可初步推斷，一如《切韻》為中古音階段韻書的編排範本般，明清時期的韻書韻圖基本上分為兩種類型：一類走的是繼承《廣韻》讀書音系統的《洪武正韻》、《音韻闡微》、《正音切韻指掌》路線，不僅在聲母與韻目名稱上沿襲繼承，對入聲韻也採保守的保留態度。

---

[12]　字母雖有50個但實際上可合併為24個。
[13]　38個韻母實際上可合併為12韻。
[14]　31個聲母合併平仄、清濁後實際上只有21個。
[15]　31個韻中含22個舒聲韻以及9個入聲韻。
[16]　因採取「聲介合母」形式，31個聲母合併後僅有22個。
[17]　聲母雖有22個，但其中有3個是虛設的，所以實際上只有19個。

另一條路線則是以 16 韻攝→19 韻部→12 韻部為編排架構，走反映時音、韻目與聲母大量省併的路線，如《中原音韻》、《韻略易通》、《黃鍾通韻》和《音韻逢源》。兩條路線看似迥異，但其實二者間彼此仍具有繼承關係。如自《廣韻》已降，聲母與韻目名稱便成為一種固定的名稱範式，《中原音韻》雖開創以二字為韻部名稱，但基本仍沿襲不少《廣韻》舊名；到了《五方元音》進一步受《元韻譜》12 佸影響改以「天地龍人…」等為韻目名，但音韻格局卻不脫《中原音韻》舊制。這說明在漢語語音史上，自《廣韻》以來的諸多韻書韻圖，其實在編排體例與音韻架構上，彼此間都是大同小異的相互繼承與沿襲著，雖看似數量頗眾、形式多樣，實際上卻依循著千人一面的固定模式行進，因此不管是仿古音系、反映時音音系或是雜揉古音與時音為一的複合音系等，都可見到相似的語音面貌。問題是，造成這樣高度相似的原因為何？是對傳統韻書的推崇與依賴，以至於一直沿用舊名不改；或是受到科舉考試影響，詩賦用韻需要有固定標準；或是為了讓公務人員的考試有所依憑，如《洪武正韻》在明代主要有兩個用途：「士大夫的〝應制〞和胥吏的〝正字〞。」（平田昌司 2016：180）；或是異族新朝代的興起，為了「確保政權的鞏固，強力的皇權，給康熙帝賦予了向漢人宣傳〝國字、國語〞的條件」（平田昌司 2016：221），因此「以國書合聲之法，纂輯新韻書。」（林慶勳先生 1988）；也或者是受到漢語音節結構的組成與限制以及歷代以來的用韻習慣，使得每韻內所收漢字相當固定，是以，明清時期的諸多音韻學者們即使想獨出機杼、跳脫傳統窠臼卻做不到呢？不論原因為何，可以確定的是，儘管明清階段的等韻學達到空前發展的高峰，著作數量可

觀，看似音系形式多樣，但其實仍舊是小異下的大同罷了。

三、《音韻逢源》等韻圖展現的殊異性

　　《音韻逢源》等三部韻圖雖然皆由滿人所編纂，但裕恩、都四德與莎彝尊在編圖時是否摻入東北方音或是滿人語音，則未必與編者籍貫畫上等號。個人在觀察這三部韻圖後，想就三部韻圖對入聲字的措置、莎彝尊加圈的北燕方音、三圖對「喻日」二母的讀音問題以及三部韻圖對精照二系的分合等問題進行討論，以說明這三部韻圖的特殊處。

3.1　三部韻圖對入聲字的措置

　　《音韻逢源》與《黃鍾通韻》雖皆分韻為 12，《正音切韻指掌》則可將 35 韻分為 15 類，經過上述韻目比對後也可見到三圖有極高的相似性，但三圖作者在入聲字的處理上卻不太一樣。首先，《音韻逢源》是採取聲調為陰平、上、去、陽平四調格局，同時將來自中古的入聲字都散入各聲調內，如「辰攝」齊齒呼上聲同時並列效攝開口字「矯攪絞狡（見系）要耀藥（影母）」與江宕攝入聲字「腳角餃（見系）藥葯鑰（影母）」，這說明在裕恩的想法裡當時北方語音中已普遍無入聲字，入聲字已派入其他聲調中融合無跡了。

　　相形之下，《黃鍾通韻》則是有陰平、陽平、上、去、入五調，都四德把來自中古的入聲字依照韻尾丟失後的今讀音，根據韻母的不同歸入各韻的第五調入聲內，這些入聲字的韻母與該韻相合但聲調各異，如咿聲字齊齒呼入聲所列「吉乞吸乙的剔匿力

疾七悉亦必匹密」等字，雖然都是古入聲字但今讀音聲調各異，說明都四德想法中的入聲字雖已無入聲韻尾但仍存在入聲調。

莎彝尊對於處理《正音切韻指掌》中入聲字的作法近似都四德，在陰平、陽平、上、去四調四個獨立的欄位後，別立入聲第五調，將來自中古的入聲字依照聲母順序排列並列舉同音字，如烏韻後的入聲字「骨哭忽屋督禿肭吶不僕木鹿肉竹畜叔卒猝速伏勿」，即分別依據見系、影母、端系、幫系…等順序排列。如此編排的優點是可清楚區分出入聲字，一目了然，但究竟作者觀念中是否仍有入聲？則令人猜疑。特別的是，莎彝尊既然已在韻中獨立入聲調了，卻又在最後設了「約曰」兩個入聲韻，分別收江宕攝入聲與山攝合口入聲，頗令人費解。個人推測莎彝尊保留入聲韻和入聲字的原因可能和該圖的基礎音系駁雜不純有關，莎氏在〈凡例〉中提到「此書以中州韻為底本，而參之以《中原韻》、《洪武止韻》，吏探討於《詩韻輯略》、《五車韻瑞》、《韻府群玉》、《五音篇海》、《南北音辨》、《康熙字典》、《音韻闡微》諸書，搜檢二十餘載，仍恐見不到處，識者諒之。」莎氏所參考之韻書有反映時音者，有繼承讀書音系統者，參考引據範圍如此之廣，難怪對入聲字的措置令人費解。其實從這些入聲字的韻母與該韻相合但聲調各異的苦心安排觀之，應該也是表示已無入聲韻尾但仍存在入聲調。只是《正音切韻指掌》既吸收《中原音韻》的平分陰陽，又兼容傳統韻圖保留入聲韻的作法，這與現今東北方音幾乎都只有陰平、陽平、上、去四調而無入聲的語音實際並不相符。

因此，三部韻圖中只有《音韻逢源》的四調與現今東北方音相合，《黃鍾通韻》和《正音切韻指掌》或者記載的是仍在消變

中的入聲字，也或者是牽就傳統韻書中保留入聲字格局所採取的折衷措施吧！

3.2 《正音切韻指掌》中加圈的北燕讀音

莎彞尊在編纂《正音切韻指掌》時，讓有些字重出於二處，一處不加圈，一處加圈。據莎氏在〈凡例〉中所言「各韻直行字遵依　字典，正文間有寫圈內者，乃北燕相沿成俗之語音也。」，此語似乎說明加圈者為東北地區方音。查「北燕」（407-436A.D.）是十六國時期鮮卑化的漢人馮跋所建立的政權，407 年馮跋滅後燕，擁立高雲（慕容雲）為天王，建都龍城（今遼寧省朝陽市），仍舊沿用後燕國號。409 年高雲被部下離班、桃仁所殺，馮跋平定政權後即天王位於昌黎（今遼寧省義縣），據有今遼寧省西南部和河北省東北部，436 年被北魏所滅[18]。從北燕所領轄區來看，相當於今遼寧省地區[19]，因此推測莎氏「凡例」中所謂北燕語音，很可能便是指清代的遼寧方音，因此推測莎氏「凡例」中所謂北燕語音，很可能便是指清代的遼寧方音；不過，所謂「北燕」也可能指的是當時的北京而言[20]，因此「北燕」一詞便有兩種可能，一種指遼寧，一種指北京。問題是，若依莎氏所言來檢視這些字在現今東北的今讀音，卻發現並不相合，如：

  a.「戰懺扇」等字在「安韻」[an] 中加圈，在「烟韻」[ian]

---

18 詳參維基百科。
19 據《普通話基礎方言基本詞匯集》（語音卷）（1994）「錦州音系」處的說明，顯示現今錦州的地理位置便是古代北燕的根據地。
20 此點承蒙王松木教授指點與提醒，至為感謝。

中不加圈。以「戰懺扇」等字在今北京音與東北方音中都讀 [an] 來看，二者讀音是一致的，看不出是北燕的特殊讀音。

b.「真瞋申」等字在「恩韻」[ən] 中加圈，在「因韻」[in] 中不加圈。其實「真瞋申」等字在今北京音與東北方音中都讀 [ən]，也看不出是北燕的特殊讀音。

c.「分焚粉文抆問」等字在「恩韻」[ən] 中加圈，在「溫韻」[uən] 中不加圈。以「分」和「文」在今北京音與東北方音中多數讀 fən 和 uən 來看，「分焚粉」實應置於「恩韻」才對，而「文抆問」置於「溫韻」則是正確無誤的，然而這樣也與所謂北燕語音不同。

d.「波坡遮車賒」等字在「婀韻」[ɤ] 中加圈，在「爺韻」[ie] 中不加圈。以現今北京音與東北方音來看，這些字擺在「婀韻」中更適合，反而是擺在非北燕讀音的「爺韻」中格格不入。

e.「非肥匪微尾未」等字在「餒韻」[ei] 中加圈，在「威韻」[uei] 中不加圈。此例與 c. 組相同，非母字宜置於「餒韻」，微母字則應置於「威韻」，然而這樣也與所謂北燕語音不符。

f.「周抽收」等字在「歐韻」[əu/ou] 中加圈，在「幽韻」[iəu/iou] 中不加圈。但今北京音與東北方音皆是 əu/ou，那麼北燕語音何指？

綜觀以上六組例子，發現它們有一共同點，就是加圈的北燕語音都集中在來自中古三等的照系與非系字上。個人推測不加圈的安排是依據傳統讀書音韻書的排法，而加圈的則是呈現已丟失 -j- 介音後的語音實況，此由不加圈者多為含細音字可知，這種安排也間接顯示當時的北燕讀音已與現今東北方音頗為近似。因此，莎氏的處置方式便是同時兼容傳統韻書與實際東北方音的共

存並立,由此也說明《正音切韻指掌》是部複合性音系的韻圖。

3.3 三部韻圖中的「喻日」二母音讀

3.3.1 最早對《黃鍾通韻》進行研究並指出該圖「日與喻混,恐與著者方音有關,現遼寧人尚多如是讀。」的是趙蔭棠(1985:239),個人在檢視過《黃鍾通韻》後,發現此圖日母字分見於「齒屬」和「牙屬」內,但實際上列字主要在「齒屬」。問題是,齒屬內除了收日母字外,還收來自中古的喻、為、影諸母字,牙屬內則不見其他聲母字。以下分別列出《黃鍾通韻》內日母字的中古來源:

 A.日母—日如汝恧肉惹熱若仁忍刀閏然染軟仍扔戎冗攘讓柔;唉而爾二

 B.喻母—移以易亦喻欲耶爺也夜葉藥寅引殞延演盈容用羊養酉

 C.為母—羽運員遠永尤

 D.影母—於怨嬰雍

值得注意的是,A 類日母字全列在「輕上」(開口呼)和「重上」(合口呼)內,而 BCD 三類則很規則的置於「輕下」(齊齒呼)與「重下」(撮口呼)中,顯然這與日母字來自於中古開口與合口三等韻相關。從日母內混列喻、為、影諸母字來看,日母的讀音顯然不是 $z_{}$ 而是零聲母[21]。此外,「唉而爾二」改歸入

---

[21] 關於《黃鍾通韻》裡的日母字究竟是否已讀同喻母般的零聲母,個人曾取東北方音進行比對過,詳參拙作〈《黃鍾通韻》的日母字——兼及對《音韻逢源》和《正音切韻指掌》的討論〉,第十四屆國際暨第三十三屆全國聲韻學研討會論文,2015。

喉屬零聲母位置，似乎顯示讀音已是 ʐ。[22]

3.3.2 鄒德文、馮煒（2008）在研究《音韻逢源》音系時，曾指出此圖的聲母有兩個特點：「一是出現多例莊、精二系互混情形。二是日母字的表現特別，日母字除了與喻母相混外，也多讀成零聲母」。關於莊、精混讀現象，本文在下一小節將進行討論，此處先討論日母字。

裕恩在《音韻逢源》裡將日母字獨立一類，列於最後，收純粹日母字，除了混入極少數幾例如「瑞叡銳月絮」等非日母字外，大抵日母字並不與喻、為、影諸母字相混，此點與《黃鍾通韻》大為不同。下舉部分例字並對照今東北方音來說明：

(1) 丑部二合口呼參母（即日母）—輭愞蝡蠕—yan/zu̯an

(2) 丑部二開口呼參母（即日母）—染冉苒姌橪然燃髯肰蚺—ian/zan

(3) 寅部三合口呼參母（即日母）—冗氄戎絨狨茙毧駥羢茸髶—yŋ/zuŋ

(4) 辰部五開口呼參母（即日母）—擾繞遶饒橈茭蟯嬈襓—iau/zau

由以上日母處的列字可明顯看出《音韻逢源》內的日母字所收大抵來自中古的純日母字無誤，這些字在現今東北方音裡有七個方言點（瀋陽、丹東、大連、佳木斯、白城、長春、通化）是讀成零聲母，有四個方言點（錦州、黑河、齊齊哈爾、哈爾濱）是讀

---

22 關於日母內的「唉而爾二」等字改歸入喉屬零聲母位置的作法，曾引起學界的疑惑和討論。詳參拙作〈《黃鍾通韻》的日母字——兼及對《音韻逢源》和《正音切韻指掌》的討論〉，第十四屆國際暨第三十三屆全國聲韻學研討會論文，2015。

成 z 聲母，讀成 z 聲母的除錦州是在遼寧省外，其他集中於黑龍江省。既然《音韻逢源》裡的日母字獨立一類，又基本上不混入喻、為、影諸聲母字，似可說明該書的日母字讀音應該是 z。

至於「而爾二」歸入未部氏母下的作法，說明已是讀成零聲母的 ɚ，此點同《黃鍾通韻》。因此，鄒、馮二人所言日母與喻母相混的論點，恐怕值得商榷。

3.3.3 莎彝尊在處理《正音切韻指掌》裡的日母字時，將日母字（即鬖母）獨立一類，列於「拉母」（即來母）之後，大抵收純粹來自中古的日母字如「穰壤讓仍軟孺然染人忍日入蕊芮」等，全書中除了少數原本是喻母字的「汭芮柄蚋蜹叡銳睿」等也被歸入日母處外，不見其他喻、為、影諸母字相混。問題是，今北京音把「穰壤/汭芮」兩類字都讀成 z 聲母，這是否說明《正音切韻指掌》內的日母字聲母讀音應該是 z 呢？如此將與《黃鍾通韻》大為不同。

引人注意的是，書中有些日母字直接列出如「戎茸絨冗毧蕊榮蕤蕤矮」等字；但有些日母字卻分成加圈與不加圈兩種，如因韻第十五的「人忍刃」不加圈，可是恩韻第五的人[23]「仁壬任紝絍」、忍[24]「荏飪稔」、刃[25]「任妊袵賃認」等字卻有加圈。依據上一小節討論北燕讀音的內容來看，加圈的是已丟失 -j- 介音的日母字，不加圈的則是依據傳統韻書所列，既然莎氏以加圈來區別北燕語音與非北燕語音，而現今東北地區又多半把日母字讀成零聲母，因此《正音切韻指掌》裡的日母字應該有兩大類，完

---

23 「人」字外加圈。
24 「忍」字外加圈。
25 「刃」字外加圈。

全不加圈的讀成 z；如「人忍刃」有加圈與不加兩種的，不加圈的讀 z、加圈的讀 ø。

至於「而爾二」也歸在衣韻日母內，並未如《黃鍾通韻》般改歸入影喻母中。《正音切韻指掌》的衣韻包括 i 和 ï 兩類韻母，既然「而爾二日入」等字歸在同一聲母以及同一 ï 韻內，只是聲調不同，且又不加圈，推測聲母也許還是 z。

個人以為，從莎彝尊分聲調為五並獨立兩個入聲韻以及以加圈來區別北燕語音與非北燕語音來看，顯然莎氏企圖同時結合傳統韻書格局與北燕方音為一，由此角度而言，便可解釋莎氏處理聲母時之所以異於裕恩和都四德的原因了。

3.4 三部韻圖對精、照二系的措置

3.4.1 精、照二系聲母的北京今讀音是分列的，但在東北方音則有分立以及混讀兩種情形，那麼這三部韻圖對精照二系聲母又是如何措置呢？《黃鍾通韻》是精照二系分立，但都四德讓照系與精系細音字置於齒屬內，精系洪音字則改立牙屬內，且只佔據開、合二呼位置，如此作法令人懷疑究竟精照二系聲母的讀音是否已經混而不分。若以「咿聲字」與「嗚聲字」的列字來看，似乎精照分立；但在其他的哦聲字、喑聲字、俺聲字…等韻內，齒屬的開齊合撮四呼處分別是照/精/照/精的列字方式，則令人有精照混讀為一的聯想。下以喑聲字齒屬的開齊合撮四呼以及牙屬開合二呼為例：

齒屬開口呼：珍枕鎮/嗔臣齔趁/申神審甚/人忍刃（照系）
齒屬齊齒呼：津近/親秦寢沁/心信/寅引（精系）
齒屬合口呼：諄準/春唇蠢/淳瞬舜/閏（照系）

齒屬撮口呼：俊/羧/荀?/殞運（精系）
牙屬開口呼：怎/襯[26]（精系）
牙屬齊齒呼：本等字同齒屬下等
牙屬合口呼：尊劗/村存忖寸/孫損
牙屬撮口呼：本等字同齒屬下等

由上舉例字來看，擺在牙屬開合二呼的例字很容易判斷是精系無誤，但在齒屬開齊合撮四呼處的精照二系字則令人不解，既然是同一發音部位的聲母，應該只有一組才是，那麼究竟是讀同照系還是讀成精系呢？雖然以現今東北方音多數是只讀成一套音，但我們卻無法確定《黃鍾通韻》裡是否真只有一套音？且這套音的音值為何？因此，《黃鍾通韻》裡儘管顯示出「知痴詩日」和「貲慈思」分立的狀態，但實際上卻不能排除可能存在 ts、tṣ 混讀的情形，且混讀方向不明。

3.4.2 《音韻逢源》裡精照二系字井然分列，並不互混，顯然在裕恩想法裡精照二系聲母不同，但是鄒德文、馮煒（2008）卻認為《音韻逢源》裡「出現多例莊、精二系互混情形」。個人仔細檢視過《音韻逢源》後，發現在《音韻逢源》裡明顯區分「女虛危」三母（即「𠰲擦薩」）收精系洪、細音字（約 1273 字）以及「室璧奎」三母（即「渣叉沙」）收知莊照系開、合口字（約 1505 字）兩類，彼此不混讀，可見讀音不同。下以子部一開口呼為例：

女虛危（𠰲擦薩）—臧臟牂牄藏葬倉蒼滄喪嗓操顙（精系字）

---

[26] 其實「襯」在中古原是莊系初母字，此處歸入精系，說明讀同清母。

室璧奎（渣叉沙）—張漲脹丈仗杖長暢場腸（知系字）/章掌障昌廠唱倡常商傷賞上尚（照系字）

雖然鄒德文、馮煒（2008）在考察《音韻逢源》時，發現知系字內混入三例精系字「奘、栓、省」，而精系內則出現五例莊系字「潛、仄、策亢切、梢、唇雅切」，但以全書精系收字約 1273 字、照系收字約 1505 字來看，其中分別混入三例與五例他系字，其實所佔比例極低，況且此八例中的「奘潛仄」今北京音也讀同精系，因此，並非如鄒德文、馮煒（2008：73）所言「《音韻逢源》裡出現了多例莊組字與精組字相混的情況」，個人以為此說值得懷疑。

如果再以《音韻逢源》裡的精、照系字對應今東北方音的話，除了大連、黑河與哈爾濱三地有區分 ts、tʂ 兩套聲母外，其餘的 8 個方言點都僅有 ts 或 tʂ 一套聲母。以《音韻逢源》成書於十九世紀來看，書中的精、照二分若非反映的是東北少數仍分 ts、tʂ 二類聲母的方言音系，否則便是延續傳統韻書韻圖的格局。

3.4.3 關於精系字與照系字的歸屬，莎彝尊在書中區分「渣叉沙」收知莊照系開、合口字以及「帀擦薩」收精系洪、細音字兩類，所選用的聲母代表字與《音韻逢源》頗相似，但彼此不混讀，可見讀音不同。下以占韻第二為例：

渣叉沙—貞禎楨撐樘䞓呈程裎酲澄橙懲棖（知系字）/爭箏錚生甥笙牲鉎崢省（莊系字）/正征鉦蒸升聲成承城誠盛乘繩宬整症政秤聖剩勝（照系字）

帀擦薩—曾憎增繒噌僧層贈甑蹭（精系字）

既然《正音切韻指掌》裡明確區分精、照二系字且彼此不

混，說明書中應仍維持 tʂ 與 ts 兩類聲母格局，但特別的是，莎氏卻在衣韻第十八中同時臚列了「知癡師、齎妻西、孜雌絲」三套聲母，比其他韻目多了一套。很顯然在衣韻中主要是收 i 韻母的字，但也兼收 ï 韻類的字，莎氏並未把 ï 韻字獨立一韻和 i 韻字分開來，因此「知癡師」和「孜雌絲」是收 ï 韻的精、照系洪音字，而 i 韻收的是精系細音字。不過，馮蒸（1990）在論及《正音切韻指掌》裡的尖團音時卻有不同解讀，他指出「以《正音切韻指掌》裡只有 20 聲母，且只分〝頂腭音組〞（渣叉沙）和〝齒縫音組〞（帀擦薩）這兩套塞擦音和擦音，應不足以拼寫滿文的三套聲母，此由在衣韻中『知痴師』組和『齎妻西』組和『孜雌絲』是完全對立的三套音，而這三組滿文聲母也是三組不同的輔音可證」。所以馮蒸認為「莎氏書中的塞擦音聲母實際上是三套，即 j、c；h、ch；dz、ts，但它們所代表的實際音值是 tʃ、tʃʽ；tʂ、tʂʽ；ts、tsʽ，反而沒有舌面前塞擦音 tɕ、tɕʽ」。換言之，ts 組對應來自中古的精系字，tʃ 組和 tʂ 組都對應來自中古的知系、照系和莊系，所以在《正音切韻指掌》裡，知、莊、照三系聲母因韻母的洪細不同而分成兩套聲母[27]，此種對應與尖團音無關[28]。本文目的不在處理《正音切韻指掌》裡是否有尖團音的問題，只是由該書 35 韻中除了衣韻外皆只臚列精、照二系聲母

---

[27] 馮蒸（1990）指出如《正音切韻指掌》這般，因知莊照三系聲母的洪細不同而分成 tʃ、tʂ 兩類聲母讀音的現象，也出現在《蒙古字韻》和現今漢語方言如山東榮成、威海、煙台以及江蘇贛榆、河南洛陽等地。

[28] 馮蒸此語主要是針對《正音切韻指掌》裡是否存在尖團音來立論，他的觀點與楊亦鳴、王為民不同，楊、王（2003）二人主張《正音切韻指掌》裡有尖團音，而且莎氏處理尖團音的方式一如裕恩和都四德般。

且照系聲母在他韻也未因韻母的洪細不同而分成兩套聲母觀之，初步認為衣韻的三套聲母應該只是為容納 i 與 ï 兩類韻母所設的權宜之計，是否真如馮蒸所言是為對應知、莊、照三系聲母的洪細不同而分，或可再討論。

個人推測莎氏之所以在衣韻分立三套聲母，可能與《正音切韻指掌》所依據的基礎音系不同有關，如以莎氏書中同時結合傳統韻書格局、滿文字音以及北燕方音三方面而言，便可理解莎氏處理聲母時與裕恩和都四德持不同態度的原因了。

從以上三部韻圖或是如《音韻逢源》、《正音切韻指掌》般精照分立，或是如《黃鍾通韻》般精照系處於似分立又似相混的情況來看，若他們確實反映了當時的東北方音，那麼精照二分應該是當時東北方言的真實狀態才對。但驗諸現今的東北方音卻頗有不同，個人在歸納整理東北 11 個方言點的精照系讀音後，發現 ts 與 tṣ 的讀音類型有以下四種：

1. ts、ts´、s 與 tṣ、tṣ´、ṣ、ẓ 二分—如黑河、哈爾濱、大連屬之。
2. 都讀成 ts、ts´、s、ẓ 一類—如齊齊哈爾、瀋陽、長春屬之。
3. 僅有 ts、ts´、s 一類—如丹東、佳木斯、白城、通化屬之。
4. 僅有 tṣ、tṣ´、ṣ、ẓ 一類—如錦州屬之。

在 11 個方言點中，僅有 3 處是 ts、tṣ 分讀而其餘 9 地皆只有 ts 或 tṣ 一類，對照這三部韻圖精照二系聲母明顯分列來看，三位編者的看法似乎偏於保守，尤其再以莎氏標舉的北燕語音相當於現今錦州方言來印證，也僅有 tṣ 一套音觀之，顯然三圖的精照

分立有趨向北方官話以及傳統韻書之嫌，而這也顯示了這三部韻圖應該非單一音系而是複合性音系下的產品。

四、結語

　　本文藉由刊行於清代的三部由滿人所編纂的韻圖出發，將它們與《中原音韻》等四部韻書的韻目進行對比，希望由此看出其間的繼承性與相似性；再由三圖對入聲字的措置、日母字的音讀問題、精照系的分合以及反映北燕方音的加圈字等角度，與今東北方音進行比較，希望獲悉其間的音韻特點。經過初步觀察，個人粗淺地認為一直以來我們可能都太重視明清韻書韻圖間的差異性與音韻特點了，很多時候對於系列性著作如《韻略易通》系列、《五方元音》系列，為了突出後續作品特色，往往忽略了語音、韻目的傳承性與影響力，如《洪武正韻》、《音韻闡微》對《廣韻》韻目名稱的繼承與沿襲，如《黃鍾通韻》等分為 12 韻雖然明言是受滿文 12 字頭影響，但與《元韻譜》、《五方元音》也分為 12 韻的偶合，說明其間未必無相關性。

　　其實中國歷代對於韻書韻圖的編纂與音韻架構的設想，自有其牢不可破的傳承性，而這個傳承的歷史既來自對《切韻》、《廣韻》的繼承與推崇，也來自歷代對雅言正音的政策考量，既與科考功令有關，也與異族統治下為宣示正統而融合華夷相關，更與漢語音節結構的組合與限制以及用韻習慣密不可分，諸多內在與外在因素相加成，使得目前我們所能見到的明清諸多韻書韻圖，看似形式、類型多樣，時音、方音、古音或是雜揉或是單一，予人百家爭鳴之感，但其實其間存在著巨大的同質性與繼承

性,他們彼此間的差異遠比我們想像的小的多,它們對於傳統的繼承也遠比我們所以為的來的大。因此,明清階段的語言材料雖為數眾多,但彼此間的差異其實只是大同下的小異罷了。

引用書目

王為民、楊亦鳴,2004,〈《音韻逢源》底畢胃三母的性質〉,《民族語文》4,頁 57-65。

平田昌司,2016,《文化制度和漢語史》,北京:北京大學出版社。

李光地等編纂,1726,《音韻闡微》(光緒七年歲次辛巳淮南書局重刊本),臺北:臺灣學生書局。

宋韻珊,2014,《共性與殊性——明清等韻的涵融與衍異》,臺北:臺灣學生書局。

宋韻珊,2015,〈《黃鍾通韻》的日母字——兼及對《音韻逢源》和《正音切韻指掌》的討論〉,第十四屆國際暨第三十三屆全國聲韻學研討會論文,東吳大學中文系。

周德清原著、許世瑛校訂,1986,《音注中原音韻》,臺北:廣文書局有限公司。

林慶勳,1988,《音韻闡微研究》,臺北:臺灣學生書局。

耿振生,1992,《明清等韻學通論》,北京:語文出版社。

高曉虹,1999,〈《音韻逢源》的陰聲韻母〉,《古漢語研究》4(總第45期),頁 79-81。

馮蒸,1990,〈關於《正音切韻指掌》的幾個問題〉,《漢字文化》1,頁 24-40。

陳章太、李行健編,1994,《普通話基礎方言基本詞彙集》(語音卷),北京:語文出版社。

莎彝尊,1860,《正音切韻指掌》,清咸豐 15 年麈談軒刻本,中國社會科學院語言研究所藏。

喬中和,1611,《元韻譜》,(附於《續修四庫全書》之內),上海:上

海古籍出版社。
都四德，？，《黃鍾通韻二卷附琴圖補遺》（北京圖書館藏清乾隆刻本），臺南：莊嚴文化事業有限公司（四庫全書存目叢書版）。
裕恩，1840，《音韻逢源》，清道光聚珍堂刻本，北京大學圖書館藏。
趙蔭棠，1985，《等韻源流》，臺北：文史哲出版社。
鄒德文、馮煒，2008，〈《黃鍾通韻》《音韻逢源》的東北方言語音特徵〉，《佳木斯大學社會科學學報》第 26 卷第 6 期，頁 72-74。
樂韶鳳等編，1375，《洪武正韻》四卷，（浙江圖書館藏明崇禎四年刻本），臺南：莊嚴文化事業有限公司（四庫全書存目叢書版）。
樊騰鳳，1654-1664，《五方元音》，寶旭齋藏板，國立臺灣師範大學國研所藏。
蘭茂，1442，《韻略易通》，臺北：廣文書局有限公司。
維基百科，網址：https://2h.wikipedia.org/2h-hant/Wikipedia　2017.4.15 檢索

附錄

一、《音韻逢源》12 攝與中古 16 韻攝對照表

1. 子攝：光、剛、江等呼，含江、宕二攝開口與合口字。
2. 丑攝：官、干、堅、涓等呼，含山、咸二攝開口與合口字。
3. 寅攝：公、庚、京、扃等呼，含曾、梗、通三攝，幫系另含少數深開三。
4. 卯攝：昆、根、金、君等呼，含臻攝開合口；深開三；極少數曾攝開口「肯孕」字。
5. 辰攝：高、交等呼，含效攝；江開二入覺；宕開三入藥；幫系另含部分宕開一、江開二、流開一。
6. 巳攝：乖、該、皆等呼，含蟹攝開合口；照系另包括止合三平脂莊系、梗開二入陌麥；幫系另含括梗開二入陌。

7.午攝：鈎、鳩等呼，含流攝；照系含部分通合三入屋。
8.未攝：規、哥、基等呼，止合三；蟹合一三；幫系另含部分止開三、蟹開一去泰、曾開一入德。
9.申攝：鍋、歌等呼，含果攝開合口一等；山開一入曷、山開三入薛、山合一入陌、山合三入薛；宕開一入鐸、宕開三入藥；江開二入覺；梗開二入陌麥；曾開一入德；假開三；咸開一入合盍、咸開三入葉。
10.酉攝：皆等呼，蟹開二四（精系）；山開三四入月薛屑、山合三四入月薛屑；咸開三四入葉業帖；果合三。
11.戌攝：姑、基、居等呼，含遇攝合口；通合一三入屋沃燭；臻合一入陌、臻合三入術物；「坎二」相當於「支思韻」，只有精、照二系，含止開三、蟹開三祭、曾開三入職、梗開三入昔、臻開三入質櫛、深開三入緝；「艮三」相當於「齊微韻」，含止開三、蟹開三四、梗開三四入陌昔錫、曾開三入職、臻開三入職、深開三入緝。
12.亥攝：瓜、嘎、嘉等呼，含假攝開合口二等、蟹攝開合口二等；山開一二入曷黠、山合二入鎋、咸開一二入合盍洽狎；照系另含效開二肴；端系另含梗開二庚、果開一歌；幫系另含果合一戈；曉母另含梗合二入麥。

二、《黃鐘通韻》12 律與中古 16 韻攝對照表

1.咿聲字：含止開三之支微、蟹開四齊；臻開三入質迄、深開三入緝、梗開四入錫、曾開三入職。
2.嗚聲字：含遇合一三模魚；通合一三入屋沃燭、臻合一三入沒術物。

3. 唉聲字：含止合三支脂微、蟹合一三灰泰祭；幫系另含止開三脂、蟹開一泰。
4. 哀聲字：含蟹開一咍泰、蟹開二皆佳；蟹合二皆佳夬、止合三脂。
5. 哦聲字：含果開一三歌戈、果合一三戈、假開三麻；宕開一三入鐸藥、江開二入覺、梗開二入陌、山開三四入薛屑、咸開三四入業帖、曾開一三入德職；山合一入末、曾合一入德。
6. 阿聲字：含假開二麻、假合二麻、果開一歌、蟹合二卦；咸開一二入合盍洽狎、山開一二入曷鎋黠、山合二入鎋黠、梗開二入陌。
7. 喑聲字：含臻開一痕欣、深開三侵、臻合一三魂諄文。
8. 唵聲字：含山攝開合口一至四等寒桓山刪元仙先、咸攝開口一二三等覃咸鹽嚴。
9. 嚶聲字：含梗開二三四庚耕清青、曾開一三登蒸、通合一三東冬鍾、梗合二三庚耕清。
10. 映聲字：含宕開一三唐陽、江開二、宕合一三唐陽。
11. 嘔聲字：含流開一三侯尤幽。
12. 嗷聲字：含效攝開口一至四等豪肴宵蕭。

三、《正音切韻指掌》35 韻與中古 16 韻攝對照表

《正音切韻指掌》雖然共分為 35 韻，但若合併開齊合撮四呼後，共可分為 15 類，今分列如下：

(一) 江陽韻

1. 㞞韻：屬江陽口開張之開口呼，含宕攝開口一三等；幫系另含

江開二；宕合三（非、微母）。
2. 汪韻：屬江陽口開張之開口呼，含宕攝合口一三等（見系、影母）；宕開三、江開二（照系）。此韻作者雖也標示為開口呼，但所收字的中古來源卻同時收納開合口字，而這些字的今讀音卻屬於合口呼，使得呼名與內容頗相矛盾。
3. 央韻：屬江陽口開張之磨齒呼，含宕攝開口三等，見系另含江開二。

（二）庚青韻
1. 英韻：屬庚青鼻裏出聲之齊齒呼，含梗攝開口二三四等、曾開三蒸；見系與影母另含少數梗攝合口三四等。
2. 占韻：屬庚青鼻裏出聲之合口呼，含梗開二庚耕、曾開一登；照系另含梗開三清、曾開三蒸。

（三）東鍾韻
1. 翁韻：屬東鍾舌居中之合口呼，含通攝合口一三等；見系另含少數梗合二耕、曾合一登。
2. 雍韻：屬東鍾舌居中之撮口呼，含通合三東鍾、梗合三庚。

（四）寒山韻
1. 安韻：屬寒山喉沒攔之開口呼，含山開一三寒仙、咸攝開口一二三等談覃銜咸鹽；幫系另含山合一桓；咸合三凡（非母）；山合三元（微母）。
2. 灣韻：屬寒山喉沒攔之開口呼，含山攝合口一二等桓刪；山合三仙（照系）。此韻作者雖標示為開口呼，但實際所收卻是來自中古的合口字，呼名與內容相矛盾。

(五)真文韻

1. 恩韻：屬真文鼻不吞之合口呼，含臻開一痕；臻合一魂（幫系）、臻合三文（非、微母）；深開三侵、臻開三真（照系）。此韻作者雖標示為合口呼，但除了幫系與非系等唇音字外，實際所收卻是來自中古的開口字，呼名與內容頗相矛盾。
2. 因韻：屬真文鼻不吞之齊齒呼，含深開三侵、臻開三臻殷。
3. 溫韻：屬真文鼻不吞之合口呼，含臻攝合口一三等。
4. 縕韻：屬真文鼻不吞之撮口呼，含臻合三諄文。

(六)先天韻

1. 烟韻：屬先天在舌端之齊齒呼，含山攝開口一二三四等、咸開二三銜咸鹽。
2. 淵韻：屬先天在舌端之撮口呼，含山合三四仙先。

(七)家麻韻

1. 阿韻：屬家麻啟口張牙呼，本韻除了包括陰聲韻假、果二攝外，又納入中古入聲字，但別立一類。假開二麻、蟹開二佳、果合一戈（幫系）；假開二麻、假合二、山開二入黠、咸開二入洽（照系）；咸開一入合、山開一入曷（精系）；麻含臻合三諄文。果開一歌、咸開一入合盍、山開一入曷、梗開二庚（端系）；果開一（影母）；山合三入月（微母）。
2. 呀韻：屬家麻啟口張牙之齊齒呼，本韻除了包括陰聲韻假攝外，又納入中古入聲字，但別立一類。另外，本韻僅見系與影母處有列字，其餘空白，含假開二麻；咸開二三

入狎洽業、山開二三四入鎋屑月。

3.窊韻：屬家麻啟口張牙之開口呼，本韻僅見系、影母與照系處有列字，其餘空白，含假合二麻、蟹合二佳夬、山合二入鎋黠、梗合二入麥。此韻作者雖標示為開口呼，但實際所收卻是來自中古的合口字，呼名與內容相矛盾。

(八) 歌戈韻

1.婀韻：屬歌戈喉裏吞氣呼，本韻除了包括陰聲韻果攝外，又納入中古入聲字，但別立一類。果開一歌、咸開一入盍合、山開一入曷、宕開一入鐸、梗開二入沒麥、曾開一入德（見系）；曾開一入德（端系）；果合一戈、山合一入末、江開二入覺、梗開二入陌麥、宕開一入鐸、曾開一入德（幫系）；果開一（影母）；假開三麻、梗開一二入陌麥、曾開三入職、臻開三入櫛；曾開一入德（精系）；臻合三入物（非母）。

2.窩韻：屬歌戈之合口呼，本韻除了包括陰聲韻果攝外，又納入中古入聲字，但別立一類。含果開一歌、果合一戈；宕開一三入鐸藥、宕合一入鐸、山合一三入末薛、曾合一入德、江開二入覺。

(九) 齊微韻

1.衣韻：屬齊微嘻嘴皮之舌點齒，本韻除了包括陰聲韻止、蟹二攝外，又納入中古入聲字，但別立一類。止開三支脂之微、蟹開三四祭齊；臻開三入質迄、梗開三四入昔錫、曾開三入職、深開三入緝。

2.威韻：屬齊微嘻嘴皮之合口呼，含止合三支脂微、蟹合一灰

泰、蟹合三四祭齊。

(十)皆來韻

1. 哀韻：屬皆來扯口開之開口呼，含蟹開一咍泰、蟹開二佳夬皆。
2. 挨韻：屬皆來扯口開之齊齒呼，本韻同「歪韻」一般也僅有見系與影母處有列字，其餘空白，含蟹開二皆佳。
3. 餒韻：屬皆來扯口開之開口呼，本韻同除影母處有一字以及幫系、非系唇音字處有字外，其餘空白。含蟹合一灰泰、止開三支脂（幫系）；止合三微廢（非母、微母）。
4. 歪韻：屬皆來扯口開之開口呼，本韻僅有見系與影母處有列字，其餘空白，含蟹合二皆佳夬。此韻作者雖標示為開口呼，但實際所收卻是來自中古的合口字，呼名與內容相矛盾。

(十一)魚模韻

1. 烏韻：屬魚模撮口呼之合口呼，本韻除了包括陰聲韻流、遇二攝外，又納入中古入聲字，但別立一類。含遇合一模（見系、端系、幫系、精系）、遇合三魚虞（照系、非母、微母）；臻合一三入沒術、通合一三入屋沃燭、宕開一入鐸、江開二入覺；幫系另含流開一侯、非母另含流開三尤。
2. 於韻：屬魚模撮口呼，本韻除了包括陰聲韻遇攝外，又納入中古入聲字，但別立一類。遇合三魚虞；通合三入屋燭、臻合三入物術。

(十二)蕭豪韻

1.熝韻：屬蕭豪甚清高之開口呼，含效攝開口一二三等豪肴宵。
2.禾韻：屬蕭豪甚清高之開口呼，含效攝開口二三四等肴宵蕭。

(十三) 尤侯韻
1.歐韻：屬尤侯音在喉之合口呼，含流攝開口一三等字，流開一侯（見系、影母、端系、精系）；流開三尤（照系、非母）、流開一三侯尤（幫系）。此韻作者雖標示為合口呼，但實際所收卻是來自中古的開口字，呼名與內容相矛盾。
2.幽韻：屬尤侯音在喉之合口呼，含流開三尤；非母另含通合三入屋。此韻作者雖標示為合口呼，但實際所收卻是來自中古的開口細音字，呼名與內容相矛盾。

(十四) 車遮韻
1.爺韻：屬車遮口略開些之齊齒呼，本韻除了包括陰聲韻假攝外，又納入中古入聲字，但別立一類。假開三麻；山開三四入薛屑、咸開三四入葉業帖。

(十五) 其他
1.約韻：屬藥陌口開學之開口呼，本韻所收皆中古入聲韻字，含江開二入覺、宕開三入藥、山合三四入薛屑。
2.曰韻：屬月越撮口訣之合口呼，本韻所收皆中古入聲韻字，含山合三四入薛屑月。

本文初稿發表於第十五屆國際暨第三十五屆全國聲韻學研討會，中央研究院語言學研究所）主辦，2017.5.19-20。

《音聲紀元》裡的日母字

中文提要

　　明代吳繼仕《音聲紀元》圖中雖設有人母（日母），但學者間卻有有日母字、來、日二母互混以及實際上無日母字三種不同看法，本文檢視六種材料與現代徽語、吳語方音後，認為《音聲紀元》裡的人母字是獨立一類，雖然該書中的日、禪二母字讀音未必反映當時的徽語或吳語。

關鍵詞：《音聲紀元》、《四聲等子》、《皇極經世書》、《洪武正韻》、《韻學集成》、《聲韻會通》、徽語、吳語

一、前言

　　《音聲紀元》六卷由明代吳繼仕刊行於萬曆年間，此書以24節氣搭配音元[1]、聲元[2]、音樂律呂等理論術語，並藉由論梵、

---

[1] 何謂音元？音元者天之氣也，天有六氣而氣有盈虛；有八風而風各有初中末，其或闔或開，一元之內，莫不中音合律。于律之中紀之以喉齒牙舌唇，分為宮商角徵羽而加之以流變，則其音之元似矣。（《音聲紀元》卷之一「音元論」）

[2] 何謂聲元？聲者地之氣也，地有十二支，則有始正中而平上去入具之。其或寒熱溫涼則春木之平⋯而始正中之間各有宮商角徵羽⋯凡六十六聲而聲元備矣。（《音聲紀元》卷之一「聲元論」）

述古來闡述韻學發展過程及吳氏看法與評價,並將上述理論落實於〈前譜表〉與〈後譜表〉兩處韻圖中,可說是音韻理論與韻圖兼具的一部等韻材料。雖然《音聲紀元》在 66 聲母中列有「人」母收來自中古的日母字,但學者間卻有不同看法,趙蔭棠(1985:177-178)認為《音聲紀元》中有日母字,但來、日二母互混(此說法應是指〈後譜表〉而言);李新魁(1983)、林平和(1975)、李昱穎(2001)、婁育(2006)等人皆認同〈前譜表〉中的「人」母即「日」母;耿振生(1992)則不列人母,陳昭宏(2016)指出耿振生主張《音聲紀元》裡沒有日母,是因耿氏認為《音聲紀元》帶有吳語色彩,而吳語中日裡二母合流。這三種不同的看法引發個人想探討《音聲紀元》裡究竟是否保有實質的日母字?復因吳繼仕在書中也多次提及邵雍《皇極經世書》、《洪武正韻》,書中也曾提到《四聲等子》,而趙蔭棠(1985)認為《音聲紀元》〈後譜表〉的形制是仿照《經史正音切韻指南》(以下簡稱《切韻指南》)而來,再加上李新魁(1983)在「表現明清時代讀書音的等韻圖」此章第一節即是「《韻學集成》之類的等韻圖」,此節中臚列了《韻學集成》、《聲韻會通》與《音聲紀元》等材料,基於他們彼此有繼承關係,也上承《洪武正韻》,因此也取以上諸材料書中的日母字一併觀察,以明其間是否有所相似或繼承。

二、《音聲紀元》裡的日母字

2.1 《音聲紀元》的內容與編排體例

2.1.1 《音聲紀元》一書共分為六卷,卷一以 24 節氣搭配 12

地支、音樂律呂、論梵、述古等單元與內容,先初步說明吳氏對語音如何產生的看法。卷二是〈音聲紀元二十四氣音聲分韻前譜表〉(以下簡稱〈前譜表〉),是一部韻圖,也是本文討論日母字的主要依據之一。卷三的「律呂原流」詳細說明黃鍾、大呂、蕤賓…等律呂如何與簫管笙琴等依 12 律來發音,各律呂的產生尚須搭配 12 地支與陰陽五行,內容與音樂密切相關,顯示吳氏本人不但精通音樂律呂,甚至以語音比附樂音,認為人類發音與樂音間具同質性。此卷最後還附有「律呂相生乾坤配爻法」,提到律呂與五行、八卦間的相應關係。

卷四則在「審音」(吳氏的審音指的是符合律呂的樂音)基礎上,以《詩經‧國風》中的〈鹿鳴〉、〈四牡〉、〈皇皇者華〉、〈魚麗〉…等與律呂相搭配的實例驗證。引人注意的是,其中也交雜提到吳氏對陸德明、吳才老、邵雍《皇極經世》、周德清《中原音韻》、音韻論《洪武正韻》、《韻學集成》等書,這裡面談到較多的,一是對邵雍「皇極經世聲音之法」頗為贊同,但評為「失為繁瑣細碎」;另一則是認為「周德清《中原音韻》乃以入派於平上去,正囿於風土,北方無入聲之說也。…夫造化之理,既不能有春夏秋而無冬,則聲音必不能有平上去而無入,今一循自然之韻,而以東董凍讀之法推之,使凡有字者皆得其入聲,以補平上去所未足。」很明顯的,吳氏相當清楚元明階段的北方方音裡已多無入聲字,而吳氏主張應該有入聲的理由可能有兩種:一是保守的存古心態,因為宋元韻圖中都有入聲字,吳氏為搭配四季自然之理,且五行、五音、十二地支、二十四節氣等固定數字皆為吳氏所重視,故主張仍應有入聲;另一則可能是考量到當時的南方方音口語中仍有入聲,因此認為應保留入

聲。

卷五則是〈音聲紀元十二律音聲分韻開闔後譜表〉（以下簡稱〈後譜表〉），是另一部韻圖，與第二卷的〈前譜表〉同為本文討論日母字另一主要依據。卷六則是以前、後譜表搭配五調十二律後的具體呈現，吳氏自言「余既為前音聲譜以測風氣，為後音聲譜以分律呂矣…前律呂分韻表每律五調十二律，六十調開闔之為一百二十調，風氣分韻表錯綜之…今為縱橫分調圖以列於左，以配前兩表，見與造化合一焉。」顯然吳氏的前後兩部韻圖都是在音樂律呂的框架下所衍生出的產品，雖然從其中可一窺吳氏的音學觀點，但吳氏此作的主要目的，應是在闡述自己涵融過五行、自然節令後的音律理論為主、韻學觀點為輔的一部融合之作。

2.1.2 《音聲紀元》裡的〈前譜表〉以及〈後譜表〉兩種圖表的形式略有不同，今分別說明如下：

A.〈音聲紀元二十四氣音聲分韻前譜表〉

此表共分 24 圖，每一圖橫列 66 聲母，直排四調，一圖中包含開口或合口等不同介音。其實吳氏在〈前譜表〉前清楚地說明此表體例，今擇要如下：

1. 首一格是節氣、風氣，曰涓卷眷決者，即風氣。
2. 格傍曰律呂，曰和清輕濁，曰子水丑土者，乃春夏秋冬之序。
3. 每格橫行五即橫排宮商角徵羽，直格四即直分平上去入，其○有聲無字，其●有音無字。
4. 末曰某韻通某者，即古韻通用者，曰仄聲入某者，即平上去入之韻也。

5. 宮商角徵羽五音準國朝李文利說，故依排之。
6. 二十四氣表每表五音，二十四表六十音因而六之有三百六十音、以當一歲之數。

　　以上六條體例清楚顯示出吳氏在編圖時依據節氣、律呂、一歲之數來排列韻字，而李文利對音樂律呂的見解，也對吳氏製圖的體例格式具影響性。

B.〈音聲紀元十二律音聲分韻開闔後譜表〉

　　此表僅有 12 圖，但因每一表都分開、闔，所以實際上也等於是 24 圖。每圖橫排四格，分別標示「重之重」、「輕之重」、「輕之輕」、「重之輕」四種不同的介音呼名，每一格內分列四調，橫排聲母，編圖格式頗類宋元韻圖中的《四聲等子》、《切韻指南》，是以四等統四聲形式為之。同樣地，吳氏在〈後譜表〉前也清楚地說明此表體例，因此表體例的說明條例較多，今擇要如下：

1. 宮商角徵羽五音，博考諸書，所次互有不同，惟國朝李文利說分悉至為近理，故一依準之。
2. 譜律分韻按律呂，本音和叶而分例，具四卷。
3. 譜橫列四善者，分輕重也…直列五排者，分五音也。
4. 每開闔中，其韻中有字者紀之，無字者空之，異聲同音者雙行書之。
5. 音聲有開闔不同，故每律各為開闔圖表之，俾人易知開闔呼唱。
6. 譜中凡全清、次清、清濁半、全濁、次濁者皆用不同符

號標示[3]，其所列皆五格，直下而宮商五音、平上四聲皆同攝。
7. 韻有四聲，或有平上去而無入聲者，借入韻以諧之。
8. 上去入韻雖似不同，實平聲一氣貫召。
9. 陽文宮商角徵羽字之下又藏有五音。
10. 開闔表每表有五調，其行皆五合，五五二十五數，二十四表為一百二十調也。一律五音，十二律六十音，因而六之，有三百六十音，合一歲之數。
11. 十二律縱橫二十調，每調皆有名，合四百八十調，皆有名。

如同〈前譜表〉般，〈後譜表〉也是依據律呂、五行、五音來分韻列字，李文利的影響力依舊存在，但以輕重、開闔表示呼名與等第的作法，較〈前譜表〉更具復古意味，在構圖形式上也充滿濃厚的擬古色彩。相形之下，反而〈前譜表〉較具創新與個人特色，〈後譜表〉不僅崇古，在列字上也較混亂，令人不解為何出自同一人之手所編制的兩部韻圖卻迥然不同。

2.2 《音聲紀元》裡的日母字

上文既已分別介紹過《音聲紀元》裡〈前譜表〉以及〈後譜表〉列圖形式，基於本文探索的重點在日母字上，經過整理，發現兩者所收日母字數量相當，由於並非每韻皆有日母字，今將二表中的日母字臚列如下：

---

3 在吳氏〈後譜表〉體例中，對於聲母清濁有不同符號如○或●等標示，此處省略改以文字說明。

A.〈音聲紀元二十四氣音聲分韻前譜表〉
1. 艮一立春條風中涓卷眷決：人母—暕輭爇
2. 寅二雨水條風末交絞叫覺：人母—饒擾繞若
3. 甲三驚蟄明庶風初云允運聿：人母—犉腬閏
4. 乙五清明明庶風末因引印乙：人母—人忍刃日
5. 巽七立夏清明風中陽養漾藥：人母—穰壤讓弱
6. 丁十一小暑景風末空孔控酷：人母—戎冗鞣肉
7. 坤十三立秋涼風中更梗更革：人母—仍認
8. 申十四處暑涼風末些寫卸節：人母—惹偌舌；神母—熱
9. 酉十六秋分閶闔風中呬史四式：人母—兒耳二
10. 辛十七寒露閶闔風末堅蹇見結：人母—然燃熱
11. 戌十八霜降不周風初收守狩宿：人母—柔蹂輮；神母—辱
12. 乾十九立冬不周風中陰飲蔭邑：人母—壬飪任入
13. 亥二十小雪不周風末吹水位國：人母—甤橤芮；神母—瑞
14. 癸廿三小寒廣莫風末含頷撼合：人母—髯冉染顳
15. 丑廿四大寒條風初呴許煦旭：人母—如汝茹孰；神母—辱

個人在觀察過〈前譜表〉中的人母（即日母）與雷、靋二母[4]（即來母）處的字例後，確定人母在此表中是獨立一類的聲

---

4 在〈前譜表〉中的「雷母」處，收開口與合口的來母字；「靋母」處則收齊齒與撮口的來母字，各自分工。

母,與雷、霹二母不但在聲母類別上或是字例上,都是清楚不混的。因此,〈前譜表〉中的人母正如李新魁(1983)、林平和(1975)、李昱穎(2001)、婁育(2006)等人所言般,內容所收即中古日母字。

經過統計,在〈前譜表〉中的日母字共有 54 字,重出的有 1 例,人母與神母互混的有 4 例。人母和神母字一般不混,但有兩例例外:

a. 申十四中「舌」字原為神母字,卻被歸入人母「惹偌」中;反而「熱」原為日母字卻被歸入神母「蛇社射」中。

b. 戌十八中「辱」為日母字,卻被歸入神母「雛受授」中;丑廿四中的「辱」字也是如此,是為重出。

其次,在〈前譜表〉中的人母可見到 n、ŋ 尾互混之例,如坤十三中「仍(曾開三)認(臻開三)」並列。此外,〈前譜表〉亥二十中神母處的「瑞」字原為禪母字,在《音聲紀元》中仍置於神母處,說明尚未讀同今日北方方言的 [z]。

B. 〈音聲紀元十二律音聲分韻開闔後譜表〉

1. 黃鍾開陽韻通江輕之輕:穰壤讓若
2. 太簇闔皆灰韻通支輕之輕:芮
3. 夾鍾開麻遮韻通歌輕之輕:惹若偌;夾鍾闔:捼爇
4. 姑洗開魚模韻通虞輕之輕:如汝洳辱;姑洗闔:儒乳孺
5. 仲呂開東冬韻輕之輕:戎冗肉;仲呂闔:茸冗韗辱
6. 蕤賓開支韻通微齊灰轉哈佳:而爾二日;蕤賓闔:人母—痿蘂秜/神母—榮
7. 林鍾開真侵韻通庚青蒸殷痕文元:任荏入/仁忍刃日;林鍾闔:犉毪閏

8. 南呂開寒刪先覃鹽韻：然䎞靭熱；南呂闔：堧𪗾䎞熱
9. 無射開蕭肴尤韻：饒擾；無射闔：柔蹂輮辱

在〈後譜表〉中的日母字共有 56 字，重出的有 3 例，人母與神母互混的有 1 例。人母和神母字一般不混，僅有一例例外，見於㽔賓闔中「燊」與「垂睡」並列，可見日母字歸入神母中。

在〈後譜表〉中有一個比較奇特的現象是，來（雷）、日（人）二母的位置常會互換，如「黃鍾開」中雷母先人母後「良兩亮略/穰壤讓若」；但「姑洗開」則人母先雷母後「如汝洳辱/臚呂慮錄」。對於這種現象，趙蔭棠很早就注意到了，他曾指出「此中末組最為凌亂，觀各表所含之字，有可以作影曉喻來者，有可作影曉匣喻日者，更有可作影曉匣來喻及影曉匣來者。此蓋方言中有日來相混，及匣喻互通之現象；然著者務求整齊之誤，亦難為諱也。」個人同意趙氏所言〈後譜表〉中喉音這個欄位確實存在著聲母混列的現象，但這是否意味著日來相混、匣喻互通則有待商榷，因為在〈前譜表〉中日來不混，匣喻相混之例也僅有「學行」2 字，檢視現今漢語方言，因來、日二母的發音部位截然不同，幾乎未見有這兩類聲母混讀或合併為一的情形；匣喻二母則可能因匣母的擦音徵性弱化後併入喻母中。因此是否真如趙蔭棠的推測，可斷言在吳繼仕的方言中存在著日來相混、匣喻互通的方言特徵，抑或只是單純地吳氏列圖混亂而已，還值得觀察。但也因此可確定的是，趙蔭棠（1985：177-178）認為《音聲紀元》中有日母字，但來、日二母互混的說法，確實是指〈後譜表〉而言。

至於為何〈後譜表〉的來、日二母互混且有列字雜亂的現象，推測可能與吳氏為遷就某些數字相關，吳氏在〈後譜表〉體

例中曾說到:「開闔表每表有五調,其行皆五合,五五二十五數,二十四表為一百二十調也。一律五音,十二律六十音,因而六之,有三百六十音,合一歲之數。」〈後譜表〉的編排強調格位應契合特定理數,吳氏為求表格整齊之數,遂將來、日二母例字強塞入同一排格位中,造成來日二母互混現象,此非出自自然語音或方音,乃純為湊數之用。

　　其實在《音聲紀元》裡的〈前譜表〉與〈後譜表〉差異頗大,〈前譜表〉中的聲母排列依照喉、齒、牙、舌、唇等發音部位臚列了 66 個聲母,每一聲母下再依據平上去入來列字;但〈後譜表〉卻仿照《四聲等子》般依照牙、舌、唇、齒、喉、半舌半齒順序,以四等統四聲方式來列字。高永安(2007:201)也認為《音聲紀元》裡的〈前譜表〉與〈後譜表〉迥異,〈前譜表〉為新格局,自創 66 聲母,〈後譜表〉則是對《四聲等子》、《切韻指南》的重新歸併,其基本框架是中古音的,顯得保守。

　　其次,〈後譜表〉中也透露出 m、n 合流;p、t 合流的現象,此由「林鍾開」中人母字「任仁忍刃日(臻開三)荏入(深開三)」並列可知,顯示吳氏在保守中仍透顯出語音演化的蛛絲馬跡。另外,「夷則闔」中的「銳」仍與「聿」(為母)並列,說明並未變成今日北方方言的 [z] 聲母,此現象也見於《洪武正韻》,該書中「銳」讀于芮切。

2.3　其他韻書韻圖中的日母字——以六種材料為觀察對象

　　雖然在 2.2 中已經確定《音聲紀元》裡的日母字獨立一類,

在讀音上應與來母不同，然而在耿振生（1992：204）書中確實有來、襌二母沒有日母，因此，是否真如陳昭宏（2016）所言，耿振生主張《音聲紀元》裡沒有日母，是因耿氏認為《音聲紀元》帶有吳語色彩[5]，而吳語中日襌二母合流的緣故。加上兩部韻圖的列圖格式與字例排列頗為不同，為了觀察《音聲紀元》中〈後譜表〉的日母字是否受到其他韻書韻圖的影響，個人又先後檢視了《四聲等子》與《切韻指南》兩部韻圖，確認兩圖中的日母字與襌母字分列不混，顯然〈後譜表〉裡的人母字讀音若有所變化的話，應非受此二圖所影響。但引人注意的是，《音聲紀元》裡人母處所選擇的例字卻與二圖頗為相似，尤其與《四聲等子》更為近似，比如二圖都有「儒乳孺（辱）」、「穰壤讓若」、「柔蹂輮」、「而（兒）爾二日」、「䏝蕊芮（枘）」、「犉蝡閏」、「壖輭瞤熱」、「然橪䕤熱」、「壬（任）飪（荏）任入」等例字，從列字如此相似觀之，個人認為《音聲紀元》裡的人母字與〈後譜表〉的列圖方式確實受到《四聲等子》不小影響。

　　其次，檢視被吳繼仕多次提及的邵雍《皇極經世書》，透過祝泌《皇極經世解起數訣》的演繹後，也確定《解起數訣》中的日、襌（含床母）二母分立，但來、日、襌三母在《解起數訣》中共同排在最後的作法卻頗為特別。再者，《音聲紀元》裡所選日母字字例也與《解起數訣》所選用字例有頗高的相似性，如「茸冗輭辱」、「兒爾」、「二日」、「瘻蘂枘」、「如汝」、

5　耿振生把《音聲紀元》歸入《明清等韻學通論》（1992）第五章第二節「南方方言等韻音系」的「吳方言區」內，說明耿氏認為此書反映明代吳語某些特點。

「儒乳」、「人刃日」、「犉蝡閏」、「然䎺軔熱」、「饒擾繞（饒）若」、「若若（惹）偌」、「穰壤讓若」、「仍認」、「柔輮」、「王飪任（妊）入」等。從《四聲等子》、《切韻指南》、《解起數訣》以及《音聲紀元》四種材料中的日母字例如此相似來看，或許可解釋成因日母字數量少，選擇性不多，導致即使是不同的材料也大多選擇相同或相似的字例。問題是個人也比對過《洪武正韻》與《韻學集成》，發現除了這些常見的日母字外，二書也同時收錄了更多其他的日母字，當然這與韻書和韻圖的體製與列圖有別相關，在韻圖一個字即代表一個音節或韻紐的前提下，大多數編纂者會考慮先列常見字，因此才會出現彼此相似的情形。但除此之外，是否也存在著彼此繼承或模仿的可能性呢？

至於《洪武正韻》雖也來、日、禪三母分立，但已有日禪二母混讀的例子，如：

a. 上聲八軫韻中，「盾楯蝡蠕揗」五字為同一韻紐，盾字下注明「乳允切…亦作楯」。在《廣韻》裡「蝡蠕」與「盾楯揗」分屬於兩個不同的韻紐，前者為「而允切又而袞切」（日母）；後者為「食尹切」（神母），但到了《洪武正韻》卻合為同一韻紐且皆讀為日母字「乳允切」，此為神母讀同日母之例[6]。

b. 上聲十九有韻裡，「蹂靹揉輮糅」五字為同一韻紐，其中「糅」在《廣韻》見於去聲宥韻「女救切」（娘母），但在《洪武正韻》卻改歸入「忍九切」（日母）。

6　其實在《洪武正韻》中「盾」字有乳允切、徒本切和羽敏切三讀。

c. 去聲七隊韻「銳」字讀「于芮切」；「瑞」字讀「殊偽切」，可見二字都不讀同今日北方口語的 [z]。

d. 去聲十二嘯韻中，「邵劭紹繞遶饒」六字為同一韻紐，邵字下註明「實照切」。在《廣韻》裡「邵劭紹」與「繞遶饒」分屬於兩個不同的韻紐，前者為「寔照切」（禪母）；後者為「人要切又人招切」（日母），但到了《洪武正韻》卻合為同一韻紐且皆讀為神母（或禪母）字「實照切」，此為日母讀同禪母之例。

在章黼的《韻學集成》中，來、日、禪三母的分界很明確，反而是有些例子有泥、日二切的讀音，所以可同時置於泥母與日母。此書中的例外有：

a. 第一卷東董送屋日母平聲處，混列了「慵鱅韃」等字，這三字在《廣韻》見於鍾韻蜀庸切又音庸；在《韻學集成》中雖置於日母字下，卻標示「元常容切…洪武正韻併音戎，中原雅音音蟲江中切」，說明屬於日禪二母同音。

b. 第二卷支紙寘日母去聲處，混列了「𩛙伌」等字，這二字在《廣韻》分屬於仍吏切（志韻）和奴代切（代韻），顯然有日、泥二母音讀；在《韻學集成》中雖置於日母字下，卻標示「音膩、音耐」，也顯示另有泥母音讀。

c. 第五卷真軫震質禪母上聲處，列了「盾楯㨉吮」等字，這三字在《廣韻》見於準韻食尹切（神母）；在《韻學集成》中雖置於禪母字下，卻標示「豎允切洪武正韻併乳允切」，說明這三字在《韻學集成》中雖讀成禪母，但在《洪武正韻》中卻讀同日母。

d. 第八卷爻巧效泥母去聲處，列了「臑腝」等字，並標示

「奴報切…廣韻玉篇作腝又平聲魚韻音儒鉎韻音㺈旱韻音煖」，顯然這二字有日、泥二母音讀；在《韻學集成》中雖置於泥母字下，卻標示另有「音儒、音㺈」讀音，而《廣韻》時期也入日母音讀中。此外在第七卷先鉎霰屑日母上聲處，也可見到「㺈輭（日母）檽㮋（泥母）」等日、泥二母字混列的情形，說明在《韻學集成》裡泥日二母的界線並不明顯。

至於被李新魁（1983）歸入《韻學集成》系列、也被耿振生（1992）歸入同屬吳方言區的《聲韻會通》，在韻圖中表現出明顯的日、襌二母字混列的情形，顯然二者是讀成同音聲母的，如：

a. 形韻仍母處：仍陾繩石食射
b. 容韻仍母處：戎絨茙氄冗肉辱縟蓐孰熟塾蜀鐲屬
c. 寅韻仍母處：人仁神辰晨忍腎慎刃仍訒認軔日宲
d. 雲韻仍母處：純犉瞤盾揗蝡蠕順閏潤
e. 言韻仍母處：日蟺然燃善鄯饍繕舌熱爇
f. 玄韻仍母處：瞑壖㺈
g. 滛韻仍母處：壬任妊紝葚荏甚十什
h. 陽韻仍母處：日攘穰壤上讓尚勺芍鄀弱箬
i. 兮韻仍母處：兒而㺈爾誓二餌筮噬
j. 之韻仍母處：如茹儒殊姝殳汝乳
k. 餘韻仍母處：樹豎乳孺署曙
l. 耶韻仍母處：蛇佘惹若社射
m. 回韻仍母處：甤緌蕊榮芮叡睿
n. 尤韻仍母處：柔蹂輮壽受售綬

o. 爻韻仍母處：韶嬈饒擾繞邵紹

以上這些混列的韻字都說明了《聲韻會通》裡這些日、禪母（含神母）字是讀成同音的，倘若以李新魁（1983）認為《韻學集成》、《聲韻會通》和《音聲紀元》都屬於同一系列，而《韻學集成》又是繼承了《洪武正韻》的體例與音韻系統，加上《洪武正韻》、《韻學集成》和《聲韻會通》又被認為帶有吳方音色彩來看，那麼以上三書應該與《音聲紀元》有著相似的日、禪二母格局，但事實上除了《聲韻會通》明顯展現出日、禪合流外，其餘三書（包含《音聲紀元》）基本上卻是日、禪分列，僅有零星例子是混讀的。這說明除了《聲韻會通》[7]確實反映吳語方音外，其餘三書或是受傳統讀書音系統影響，或是帶有其他方音成分，或是另有其他音系摻入，因此呈現出兩種不同的日、禪母讀音類型。

2.4 《音聲紀元》與現今徽語、吳語中的日母與禪母字音讀

編纂《音聲紀元》的吳繼仕籍隸徽州，李新魁（1983：235）認為吳氏是安徽休寧人[8]，耿振生（1992：204）和高永安

---

[7] 其實李新魁對於《聲韻會通》的音系界定不很清楚，他既把此書列入《漢語等韻學》（1983）第八章「表現明清時代讀書音的等韻圖」第一節「《韻學集成》之類的等韻圖」中，可見李氏應該認為此圖基本上反映的是明代的讀書音，但李氏又在闡述該書的最後提到，「王氏的分韻定聲，除反映了當時的讀書音之外，可能還有某些方音成分。」（1983：230），可見李氏認為此書為雜揉音系。

[8] 李新魁把《音聲紀元》歸在《漢語等韻學》（1983）第八章「表現明清時代讀書音的等韻圖」第一節「《韻學集成》之類的等韻圖」中，可見

（2007：201）則都提出吳氏為安徽歙縣人，高永安在《明清皖南方音研究》（2007）一書中將明清時期的皖南方音分為宣城方音和徽州方音兩類，《音聲紀元》恰好被歸入明末徽州方音「歙縣型」，高氏分立日 [ʒ]、禪 [z] 二母，但泥、來合一。高氏提到歙縣型的禪母為神母，來自中古船母、禪母三等，另也摻入少數以母、日母；日母中則也摻入少數泥母、以母、禪母、心母（2007：210），可見二母中除了自身所屬例字外，所摻入的例外字來源頗相近似。高氏在比較明清兩代宣城方音與徽州方音後，獲得了日母讀音有三類音值的結論：「零聲母、擦音和鼻音，是兩地都有的。周圍的方言裡日母讀擦音的，有江淮官話、部分吳語的日母為 [z] 等；讀零聲母的，有徽州話等；讀鼻音聲母的，贛語、吳語、徽州話都是（2007：367）」。

　　吳繼仕雖然是徽州人，但既然耿振生認為《音聲紀元》帶有吳語色彩，雖然吳氏未必在其韻圖中反映自身的方言口語，為求慎重周全，個人也觀察了屬於吳語區的溫州、樂清、蘇州[9]三地的今日吳語，檢視這三地的日、禪二母的分合情形。根據中嶋幹起（1983）對溫州與樂清二地的收集與記音，在這兩地方言中，日母與禪母字是歸在同音字的欄位內且彼此混列的，如：

a. 溫州方言：是爾/辱褥/聚乳/十拾入日實/爵嚼勺若弱溺/蕊/神辰晨人仁任/順潤/崇絨茸/剩承仍等，以上這些字在溫州都是 s/zɦ 聲母，但也有例外的，如「然」為零聲母。

b. 樂清方言：碩食惹/熟孰塾辱褥/誰殊如茹儒蠕汝乳/禪繕髯

李氏認為此圖基本上反映的是明代的讀書音。

9　其中溫州與樂清方音採自中嶋幹起《浙南吳語基礎語彙集》（1983）裡的記音與分類；蘇州方音則採自《漢語方音字彙》第二版。

冉燃/前然上嚷攘壤讓若弱/韶紹饒擾嬈十拾日入/晨神人仁刃軔任紝/茸絨冗潤等，以上這些字在樂清也都是 s/zɦ 聲母，但有少數例外，如「任認忍」為 [ɲ] 聲母。

c. 蘇州方言：匙涉時十石是熟受售壽授善甚慎腎純常嘗償上尚承成誠城（禪母）/惹若弱日如儒乳辱入柔然燃染人仁忍任刃認韌閏潤讓仍戎茸（日母）等，以上這些字在蘇州都是讀 [z] 聲母，但有少數例外，如「肉瓤絨」為 [ɲ] 聲母。

　　由以上三地代表吳語區讀音的日、禪母字來看，確實從明代開始已漸趨合流，而到了今日吳語多數已讀成同音字，少數讀成鼻音或零聲母，符合高永安觀察今日皖南方音日母音值有三類的情形。而日母與禪母字之所以能合流為一類，與日母字在中古階段為鼻音 [ɲ] 或鼻擦音 [nʑ] 而禪母為濁擦音 [ʑ] 相關，有些日母字當鼻音漸趨弱化或丟失後便與擦音合併，有些則是鼻音成分轉強反而吸引近似的發音部位而成為一類。不論現今徽語和吳語的日、禪二母字是合而為一或是分立兩類，可以確定的是在《音聲紀元》裡的人、神二母確實是分立的，換言之，在〈前譜表〉中雖有 4 例、〈後譜表〉中雖有 1 例人/神二母（即日/禪二母）相混字例但極少數，並不影響日、禪二母字分立不混的大格局。也就是說這 5 例即使是無意中留下的方音線索，也微乎其微，而該圖中的人母字確實是獨立一類的。

三、結語

　　本文主要以刊行於明萬曆年間的《音聲紀元》中是否人母獨

立為一類進行觀察，經過與吳繼仕在該書中所提有關的六部材料相比對後，確認《音聲紀元》裡的人母字是確實存在且自立為一類，無庸置疑。當然，該書的前後兩個韻圖表格體例迥異，確實令人存在該書兩部韻圖所反映音系可能駁雜不純的疑慮，而現今吳語與徽語中也存在著日、禪二母合流讀成同聲母音值的方音現象，這都令人不得不考慮明清階段的日、禪二母是否已發生變化並開始合流了？

　　當然，若僅從日、禪二母的分合走向，不論〈前譜表〉或〈後譜表〉應當還是分立不混的，極少數混讀之例並不足以反映該書具有徽語或吳語色彩，尤其〈後譜表〉的保守復古似中古韻圖，也難怪李新魁認為此圖基本上屬於明代讀書音系統框架。

　　但藉由考察其他周邊相關的語言材料後，便也能對《音聲紀元》一書以及其與周邊材料間是否具有繼承關係或相似性，能有較清晰的線索與脈絡，從〈前譜表〉銳意求新而〈後譜表〉卻一心存古看來，雖感覺違和矛盾，但在保留存濁聲母系統以及堅持入聲韻存在的守舊前提下，但共同呈顯出的 n、ŋ 尾合流；入聲韻尾弱化；少數人、神母合流；採聲介合母方式拼音等特徵，其實也已透露出作者想傳達的某些音韻現象了。

引用書目

王應電，1540，《聲韻會通》一卷（上海圖書館北京大學圖書館藏明嘉靖十九年刻本），臺南：莊嚴文化事業有限公司（四庫全書存目叢書版）。

中嶋幹起，1983，《浙南吳語基礎語彙集》，東京外國語大學亞非語言文化研究所。

北京大學中國語言文學系語言學教研室編，1989，《漢語方音字彙》第二版，北京：文字改革出版社。
吳繼仕，1611，《音聲紀元》六卷（北京圖書館藏明萬曆刻本），臺南：莊嚴文化事業有限公司（四庫全書存目叢書版）。
李新魁，1983，《漢語等韻學》，北京：中華書局。
李昱穎，2001，《《音聲紀元》音系研究》，國立臺灣師範大學國文研究所碩士論文。
林平和，1975，《明代等韻學之研究》，國立政治大學中文所博士論文。
祝泌，《皇極經世解起數訣》（故宮博物院所藏文淵閣本），臺北：臺灣商務印書館（四庫全書珍本初集）。
耿振生，1992，《明清等韻學通論》，北京：語文出版社。
婁育，2006，《《音聲紀元》研究》，吉林大學碩士論文。
高永安，2007，《明清皖南方音研究》，北京：商務印書館。
章黼，1481，《重刊併音連聲韻學集成》十三卷（首都圖書館藏明萬曆六年維揚資政左室刻本），臺南：莊嚴文化事業有限公司（四庫全書存目叢書版）。
陳昭宏，2016，《《音聲紀元》音學思想研究》，國立高雄師範大學國文學系碩士論文。
趙蔭棠，1985，《等韻源流》，臺北：文史哲出版社。
樂韶鳳、宋濂等編，1375，《洪武正韻》四卷（浙江圖書館藏明崇禎四年刻本），臺南：莊嚴文化事業有限公司（四庫全書存目叢書版）。
？，四聲等子，（等韻五種本），臺北：藝文印書館。
劉鑑，經史正音切韻指南，（等韻五種本），臺北：藝文印書館。

本文初稿發表於第十六屆國際暨第三十六屆全國聲韻學學術研討會，輔仁大學中文系主辦，2018.5.12-13。

《泰律篇》中的鼻音韻尾字

中文提要

本文以《泰律篇》中前四圖陽聲韻尾為研究對象，考察 -m、-n、-ŋ 三類鼻音尾的演化與合併趨勢，並取今雲南方言與江淮官話相印證。經過分析比對，《泰律篇》中的鼻音尾僅剩 -n、-ŋ 兩類，甚至朝向三類鼻音尾混併為一的趨勢，演化走向是 -n>-ŋ，與現今雲南方音、江淮官話的鼻音尾演化態勢頗有相似處。說明雜揉音樂律呂、易學象數、音學理論的《泰律篇》，也反映部分晚明音韻現象。

關鍵詞：《泰律篇》、《韻略易通》、《書文音義便考私編》、雲南方音、江淮官話

一、前言

《泰律篇》[1]由明葛中選所編撰，葛氏為雲南河西[2]（今屬通

---

[1] 《泰律篇》也作《太律篇》，本文所據《續修四庫全書》中的版本即作《太律篇》。至於為何書名為泰律呢？泰有通之義；律即音律，以泰律為書名，意指聲音音韻之學與音樂樂理間是可互通的。

[2] 葛中選在其《泰律篇》中署名河西葛中選，查「河西」在《文史辭源》中實有二義：1.泛指黃河以西地區，也稱河右，轄境相當今甘肅河西走廊。治所涼州，今甘肅武威縣。2.縣名，元河西州，後改為縣。明清屬臨安府。聞於 1956 年和通海獻合併為杞麓縣，1960 年又改名通海縣。

海縣）人，此書雖作於明代萬曆戊午（1618），實際上直至清嘉慶年間才刊刻印行。此書以音樂律呂理論為經，以音韻架構為緯，縱橫交錯組成數張繁複的等韻圖。書中摻雜大量音律、易學、干支等理論且所占篇幅極多，相形之下所搭配之葛氏自編韻圖反而較屬次要，無怪乎在《續修四庫全書》中被歸入「經部·樂類」，也被李新魁（1983）歸為融合不同體系架構「顯示語音骨架的等韻圖」。

此書中的 -m 韻尾字走向頗耐人尋味，既有如北方方言般併入 -n 尾中，也有併入 -ŋ 尾中的，甚至有一部分是 -m、-n、-ŋ 三類韻尾字合併為一類的，此種音韻表現與同屬雲南方音的《韻略易通》迥異，也與反映江淮官話的《書文音義便考私編》-n、-ŋ 尾分立的表現略有不同，頗為特別。引人注意的是，《泰律篇》中僅平聲處保留濁音字的作法與《書文音義便考私編》類似，讓人疑惑究竟《泰律篇》的語音系統較近似於雲南方言還是江淮官話呢？顏靜馨（2002：80）主張「《太律》當是明代西南官話的語音記載」、戴飛（2010：18）認為「這個音系主要反映了明末的官話共同語音系的特徵」、張玉來（2012：160）認為該圖描寫的是明末官話系統、趙俊梅（2015：163）則在前賢研究基礎上，提出「明末葛中選的《太律》是繼兩部《韻略易通》之後，又一部記錄漢民族共同語和雲南方音進一步形成的重要史料。…《太律》忠實記錄了明末漢語官話的語音系統」，其中除

根據明代金聲在《泰律篇》的序中提到「滇蜀僻處，天西南，其人才不若中士多出…」之語，再加上雲南名人軼事中也收錄了葛中選事蹟，可見「河西」一詞當指今雲南通海縣，張玉來在〈論葛中選《太律》的音韻學價值〉（2012：154）一文裡也提到即通海縣。

了顏靜馨明確認為是西南官話外,其他三者都認為是明末官話,然而明末官話所指為何?是江淮官話嗎?還是其他?並未確指。

是以,本文欲以《泰律篇》中的陽聲韻尾字為基礎,兼取《韻略易通》、《書文音義便考私編》二書中的鼻音韻尾字相比較,以釐析明代與現今在雲南方音與江淮官話間鼻音韻尾字的變革,觀察《泰律篇》中鼻音尾字的演變是受到哪些方音影響?以提供其他近代音研究者參考。

二、《泰律篇》中的陽聲韻

2.1 《泰律篇》的內容型制

《泰律篇》一書共分十二卷,卷一「專氣音」、卷二「專氣聲」、卷三「直氣聲音位」是三種不同編排方式的韻圖;卷四「和音」說明氣如何與宮商角徵羽五音以及音陽卦爻相配之理論。卷五「應聲」以說明絲竹之音與陰陽卦爻對應之理;卷六「太律分」包括「六氣分」、「十八息分」、「四衡分」、「四規分」、「和音分」、「應音分」、「中聲分」;卷七「太律數」包含「生數」、「遞生別生數」、「損倍數」、「音之律數」、「律之音數」;卷八「太律問」中以「標問」、「輕重」闡明音韻與音律之對應;卷九「太律正」包含「黃鍾之宮正」、「三寸九分五」、「律賓正」、「數用九正」、「倍半正」、「音調正」、「文聲正」、「合律正」、「聲律同數正」、「考聲正」等,在說明音律相生之數;卷十「太律斷」含括「候氣斷」、「月令樂候氣斷」、「五音實數斷」、「甤賓倍斷」、

「音律度量衡斷」、「起調畢曲斷」、「長短圍徑斷」、「歌聲斷」、「古計轉詳斷」、「四聲分五音斷」、「四清斷」、「華嚴四十二唱斷」、「七音韻鑑斷」、「皇極經世聲唱和圖斷」等，釐析音律、語音與節令氣候之關係；卷十一「太律通」包括「素門三陰二陽通」、「權數通」、「太少通」、「天六地五通」、「素門氣血流注通」、「聲主舌說」、「卦數通」等，把聲音與中醫人體經脈運行相搭配；卷十二「太律總」以「太律含少」總結樂名、宮調、候氣、四聲、等韻、輕重、門法、中原雅音、立韻、求聲等諸多要素，與音律、語音間的生成機制。若以篇幅與內容觀之，韻圖所占比例其實偏低，反而綰結語音和音樂、象數易學間的闡述文字占大部分，因此樂論為主，韻圖為輔。不過，文中不斷提及音律和語音間互為表裡，顯示葛氏認為音律和語音是同一物的不同面向，二者的生發方式是一致的。

《泰律篇》的韻圖集中在前三卷，三種圖分別是依聲調、等呼的不同構圖形式來標音，從內容來看，卷一以韻母來分圖，卷二以聲母來排列，兩卷只是排列方式不同，並無語音上的差異，因此兩種圖可歸為一種來分析。卷三的排列方式與前兩卷不同，卷一以鼻音韻尾開始，卷三則以陰聲韻開頭，卻不影響整體音系。以卷一「專氣音」來說，包括 12 張韻圖，其中前 4 張為陽聲韻，後 8 張為陰聲韻與入聲韻。以宮商角徵羽華六律，加上內外之分，組成 12 圖名稱。每圖上頭橫列黃鍾、大呂、太簇等十二律，豎依四個呼名分成四欄，最下面一排復襯以 25 聲母的排列。有趣的是，葛氏把曉匣、端系、見系、照系、泥來、影喻疑等聲母歸為「正聲」，幫系、非系與精系則是「側聲」；同樣的，最上頭一排的十二律，也有正、側之分，至於何謂正、側，

葛氏在卷六「聲之律十二」提到：「黃、大、太、夾、姑、中、㽔、林、夷、南、射、應，氣皆正出，正聲也，本也。賓、則、無、簇、洗、〇，氣側出黃、大間，側聲也，輔也。側聲分附于陽，如枝出於節。」似乎葛氏以發音方式的不同來區分正、輔。此外，還以「疾」（表清音，以〇標示）、「遲」（表濁音，以●標示）來區分清聲母與濁聲母。

《泰律篇》的聲母有25個，分別是：

	正聲		側聲	
	疾	遲	疾	遲
黃鍾	曉	匣		
大呂	端	〇		
太簇	透	定	清	從
夾鍾	見	〇		
姑洗	溪	群	心	邪
仲呂	照穿知徹	床澄		
㽔賓	審	禪日	幫滂	並
林鍾	〇	來		
夷則	〇	泥孃	精	〇
無射	影	喻疑	非敷	明微奉

這個聲母系統，有幾點引人注意處：

    1.保留全濁聲母，但僅限平聲處有字，其他上去入聲處的全濁聲母字，都是借用同發音部位的清聲母字，並於字外加圈。如第一圖

曉母—烘噴哄　　透母—通統痛　　照母—充寵衋

匣母—洪⦅嚯⦆⦅哄⦆　　定母—同⦅統⦆⦅痛⦆　　床母—蟲⦅寵⦆⦅䆟⦆

此一作法令人懷疑《泰律篇》中其實已無濁聲母，圖中的濁聲母處應是虛設的，因為清聲母處的「烘、通、充」都是陰平字，而濁聲母處的「洪、同、蟲」都是陽平字。張玉來（2012：159）即認為「在葛氏觀念裡，全濁聲母不過是陰、陽平的區分標誌，實際語言當中並不存在全濁聲母。因此，表內的全濁聲母是沒有語音價值的。」，個人以為張氏提出平聲濁聲母字的臚列是為了顯示平分陰陽的觀點，應是可信的。

2.知、照系合流；　　　　3.泥娘合流；　　4.喻疑合流；
5.非敷合流、明奉微合流；　6.禪日並列。

　　以上六點中的 2-5 為明清韻書韻圖常見的語音現象，1.近似《書文音義便考私編》然而又有所不同，因為葛氏讓部分不送氣與送氣音合併，如照穿、知徹、非敷、幫滂合流的作法，便與李登不同。6.則與《音聲紀元》中禪日合流、歸為一母看似雷同，實則《泰律篇》裡的「禪日」二母處，凡遇張口（開口）與合口處列禪母字，遇解口（齊齒）與撮口處列日母字，二者整齊不混，且現今雲南方音與江淮官話中這兩類字的讀音也是不同的，因此，為何葛氏把這兩個聲母擺在一起，也令人費解，不知是否考慮到聲母編排的系統性原則，所以才禪日並列一格內。此外，耿振生（1992：195）認為此書中的實際聲母只有二十個，和《韻略易通》「早梅詩」二十母相等，可能是著眼於濁聲母是虛設的概念。

　　《泰律篇》的韻母系統與聲調系統特點有：1.依介音的不同分為正音開之開張口、昌音開之合解口、通音合之開合口、元音合之合撮口四呼，然而向來都列於合口呼內的照系與非系字，卻

分別歸入合口呼與撮口呼內，令人懷疑撮口呼介音的音值與功能是否有所變化；2. -m 韻尾已併入 -n 或 -ŋ 尾中；3.入聲字歸入陰聲韻中；4.聲調為平上去入四調，但平聲處的清聲母今讀陰平、濁聲母讀陽平的措置，顯示《泰律篇》裡的平聲應有陰陽之分，實際上應有五調；5.濁上歸去。

2.2 《泰律篇》中的陽聲韻

本文主要關注在《泰律篇》的陽聲韻尾走向，是以以下先列出前四圖所收字的中古韻攝：

¤ 專氣宮音內運第一
1. 曉匣、端系、見系—曾開一三、深開三、通合一三
張口：恆/登等嶝/騰肯…曾開一
解口：興嶔/兢錦禁/欽/琴…曾開三；深開三
合口：烘噴哄/洪/東董涷/通統痛/同/公贑貢/空孔控…通合一
撮口：匈洶/雄/宮拱供/穹恐焪/窮…通合三
2. 照系、泥來、影喻疑—曾開一三、深開三、臻開三、通合一三
張口：蒸拯證/升沉勝/承/楞/能…曾開一、三
解口：稱闖沉仍認/林廩詀扗賃音飲應吟孕…深開三；曾開三；臻開三「認」
合口：中腫眾/春/鱅/籠攏弄/農醲齈/翁蓊瓮…通合一、三
撮口：充寵矗/蟲/戎冗韔/龍攏醲/邕擁雍/容勇用…通合三
3. 幫系（含非系）、精系—曾開一三、深開三、通合一三

張口：崩琫/蒙蠓懵/增嶒贈/蹭/層僧…曾開一；通合一「蒙」

解口：冰稟/儚夢/祲寖浸/侵寢沁/繒/心/尋…曾開三；深開三；通合三「夢」

合口：湎倗/蓬/風捧俸/馮/宗總糉/聰/叢/椕送…通合一、三

撮口：砅品/凭/縱/從/淞悚頌/松…通合三；深開三「品」；曾開三「凭」

¤ 專氣宮音外運第二

1. 曉匣、端系、見系—梗開二三四；臻開一三；梗合四；臻合二三

張口：亨恨/行/吞/根耿艮/鏗…梗開二；臻開一

解口：欣倖釁/形/丁頂矴/汀斑聽/庭/巾緊靳/卿慶/勤…梗開三、四；臻開三

合口：昏/魂/敦頓/暾褪/屯/昆/坤悃困…臻合二

撮口：熏訓/熒/扃窘郡/困頃/群…臻合三；梗合四

2. 照系、泥來、影喻疑—梗開二三四；臻開一三；梗合三；臻合一三

張口：真軫震/申哂聖/辰/磷泠/獰/恩/垠恨硬…梗開二、三；臻開一、三

解口：嗔逞疢/陳/人忍刃/獰領遴/寧/因隱印/寅隱胤…梗開三、四；臻開三

合口：諄準稕/婚舜/純/崙論/麐嫩/溫穩搵/頓…臻合一、三

撮口：春蠢/唇/惇頓閏/倫淪/縈/榮永運…臻合三；梗合三

3. 幫系（含非系）、精系—梗開二三四；臻開三；臻合一三

張口：奔本迸/門猛悶⋯梗開二「猛」；臻合一

解口：賓丙柄/明皿命/津井晉/清請倩/情/星省性/餳⋯梗開三；臻開三

合口：噴/盆/分粉糞/汾/尊噂焌/村忖寸/存/孫損巽⋯臻合一、三

撮口：娉聘/頻/文吻問/逡俊/逡蹲/鷁/荀筍/旬⋯臻合三；梗開三「聘」；臻開三「頻」

¤ **專氣商音內運第三**（江講絳三韻古音同東董宋⋯〔缺字〕音者，從洪武正韻江陽合也。）

1. 曉匣、端系、見系—宕開一、三；江開二；宕合一、三

張口：炕汻/航/當黨譡/湯儻盪/唐/岡/講絳/康伉亢⋯宕開一；江開二「講絳」

解口：香響向/降/姜襁疆/羌碙唴/強/⋯宕開三；江開二「降」

合口：荒慌恍/黃/光廣桄/觥巟曠/⋯宕合一

撮口：妔怳況/獷誑/匡悃/狂⋯宕合三

2. 照系、泥來、影喻疑—宕開一、三；江開二；宕合一、三

張口：張掌障/商賞尚/常/郎朗浪/曩囊儾/鴦坱盎/卬柳⋯宕開一、三

解口：昌敞唱/長/穰壤讓/良兩諒/娘釀/央鞅快/陽養漾⋯宕開三

合口：椿戇/雙聳淙/瀧矓攏/汪枉汪⋯宕合一、三；江開二

撮口：惷幢怔/王往迬⋯宕合三；江開二

3. 幫系（含非系）、精系—宕開一、三；江開二；宕合三
   張口：邦榜諡/芒莽漭/臧駔葬/倉蒼稽/藏/桑顙喪…宕開一；江開二「邦」
   解口：將槳醬/蹡搶/牆/襄想相/詳…宕開三
   合口：滂髈胖/旁/方昉放/房…宕開一；宕合三；江開二「胖」
   撮口：亡罔妄…宕合三

¤ 專氣商音外運第四

1. 曉匣、端系、見系—山開一、三、四；咸開一；山合一、三、四
   張口：頇罕漢/寒/丹亶旦/灘坦炭/干笴紺/刊侃勘…山開一；咸開一「壇勘」
   解口：軒顯獻/賢/顛典殿/天腆瑱/田/堅繭見/牽遣欠/乾…山開三、四；咸開三「欠」
   合口：歡喚/桓/端短段/湍疃彖/團/官管貫/寬款…山合一
   撮口：暄烜絢/玄/涓絹/弮犬券/權…山合三、四
2. 照系、泥來、影喻疑—山開一、三、四；咸開一、二、三；山合一、二、三、四
   張口：詹展戰/山陝扇/蟾/闌覽爛/南赧難/安唵按/岸…咸開一、三；山開一
   解口：攙圚懺/纏/然冉染/連斂練/年撚念/烟堰宴/延演彥…咸開二、三、四；山開三、四
   合口：專轉篆/遄/鸞卵亂/溾煩偄/彎椀惋/頑玩…山合一、二、三

撮口：穿舛釧/船/埂頓/攣孌戀/淵蜎怨/元遠願⋯山合三、
四

3. 幫系（含非系）、精系—山開一、二、三、四；咸開一；
山合一、三

張口：般板半/瞞滿慢/簪昝贊/參慘槮/殘/三繖散⋯山開
一、二；咸開一；山合一

解口：鞭楄變/眠免面/賤翦箭/千淺蒨/前/仙銑霰/涎⋯山開
三、四

合口：潘垪判/盤/飜反販/煩/鑽纂/鋑竄/攢/酸算筭⋯山合
一、三

撮口：篇扁片/便/晚萬/鐫恮/詮線/全/宣選漩⋯山開三、
四；山合三

從《泰律篇》前四圖陽聲韻的收字與呈現出的音韻現象觀
之，應可確定的是該圖中僅剩 -n、-ŋ 二類韻尾了，更甚者，以
第一圖同時包含臻、深、曾、通四攝來看，-m、-n、-ŋ 三類韻
尾也進而混同為一，更趨近 -ŋ 尾一類了。第二圖是臻、梗合
流，第三圖是宋末至元以顯現的江、宕合流，第四圖是山、咸合
流，若以三類鼻音尾的消變順序先後，再搭配今雲南、江淮方言
觀之，比較合理的推測是《泰律篇》中僅有 -n、-ŋ 兩類韻尾，
甚而開始有 -m、-n、-ŋ 三尾混同為 -ŋ 的態勢了。

2.3 《泰律篇》與《易通》、《私編》的陽聲韻

葛中選既然籍隸雲南，多數研究者都認為《泰律篇》在音系
內容上某部分繼承自《韻略易通》，加以《泰律篇》保留平聲濁
母字的作法近似《書文音義便考私編》，本文擬取三部材料中的

陽聲韻進行比較，觀察是否有近似處，在比較前，先分別臚列《韻略易通》與《書文音義便考私編》二書與中古十六韻攝的對照：

A.《韻略易通》前十韻陽聲韻的中古韻攝來源
1. 東洪─通合一、三
2. 江陽─宕開一、三；江開二
3. 真文─臻開三；臻合一、三（非系）
4. 山寒─山開一、二；山合一、三
5. 端桓─山合一、三
6. 先全─山開三、四；山合三、四
7. 庚晴─曾開一、三；梗開二、三、四
8. 侵尋─深開三
9. 緘咸─咸開一、二
10. 廉纖─咸開三、四

《韻略易通》裡的陽聲韻很明確的分為 -m、-n、-ŋ 三類韻尾，其中 -m 韻尾所屬的侵尋、緘咸、廉纖三韻名稱，近似於《中原音韻》。

B.《書文音義便考私編》十一陽聲韻（舉平已賅上去）收字之中古韻攝來源：
1. 東（今韻分東冬，古通用）─通合一、三
2. 真（古通諄、通侵，今合諄，雜入文韻，別為侵韻，以皆閉口呼故也。茲合侵韻但閉母下字舊俱在侵韻，不悉著）─臻開三；深開三
3. 諄（古通真、文，今通真，雜文，茲依中古立本韻，並撮口呼）─臻合一、三

4. 文（古通真、諄，今雜入元韻，茲除敷奉微三母係本韻，餘皆自元韻分入，不悉注）—臻開一；臻合一、三
5. 元（古通桓、先，今雜文，茲自先分入）—山合三、四
6. 桓（古通元、寒，今通寒，茲自寒分出）—山合一
7. 寒（古通桓、刪、覃、咸，今通桓，分刪、雜元，茲合刪、覃、咸而寒、刪皆開口呼；覃、咸皆閉口呼。內凡捲舌音，皆與先韻不同，此音惟豫章語音盡與字書合）—山開一、二；咸開一、二；山合三；咸合三
8. 先（古通元、鹽，今雜元，茲合鹽、凡。先韻皆開口呼；凡、鹽韻皆閉口呼）—山開三、四；咸開三、四；山合三（「沿」）
9. 陽（古通江，今別出江韻，茲合之）—宕開一、三；江開二；宕合一、三
10. 庚（古通青，今復分青、蒸而互相雜，茲合而分之。本韻自曉至明諸母下音，要與東韻諸音各各有辨，勿混為一，見合母下亦然）—梗開二；曾開一、三；宕開一（「囊」）；梗合二、三、四；曾合一（少數）
11. 青（見前）—梗開二、三、四；曾開三

在《書文音義便考私編》裡已僅剩 -n、-ŋ 二類韻尾，-m 尾字已併入真、寒、先三韻中，與現今大部分北方方言的呈現一致。以下再就三部材料的陽聲韻進行對比，以明其間鼻音韻尾的消變狀況：

A.《易通》	B.《私編》	C.《泰律篇》—
東洪、真文	東、真	曾開一三、深開三
侵尋、庚晴	庚、青	臻開三、通合一三

A.《易通》	B.《私編》	C.《泰律篇》二
庚晴、真文	青、庚	梗開二三四；臻開一三
	真、文、諄	梗合三四；臻合一二三

A.《易通》	B.《私編》	C.《泰律篇》三
江陽	陽	宕開一三；江開二
		宕合一三

A.《易通》	B.《私編》	C.《泰律篇》四
山寒、端桓	元、桓	山開一二三四；咸開一二三
先全、緘咸、廉纖	寒、先	山合一二三四

從以上三種材料其所屬中古韻攝來看，《泰律篇》不但 -m 併入 -n，甚至 -n、-ŋ 合流，進而三類韻尾也開始混同了。若以成書年代而論，最早的《韻略易通》和最晚的《泰律篇》正好顯示了鼻音尾從保留漸次合併的過程與順序，問題是三部材料至少反映了兩個不同地區的方言系統，那麼鼻音尾的消變能放在一條線上來比較嗎？個人在檢視過現今雲南方音與江淮官話後，發現兩個地區的鼻音尾類型頗相近似，除了通攝還維持 -ŋ 尾不變外，其他多數已轉為鼻化韻或是朝鼻化韻邁進，因此葛中選在編著《泰律篇》時，也許不純粹從忠實反映一時一地之音來考量，而是摻雜繁複的象數易學以及自身對音韻的體悟與建構，但在鼻音尾的演變上，卻適時記錄了當時某些方音的口語現象。

2.4 《泰律篇》與今雲南方音及江淮官話

《泰律篇》內的鼻音韻母字既然表現出 -m、-n 合流與 -n、-ŋ 合流甚至是三類韻尾也開始混同的演變型態，本文以現今雲南昭通、大理、昆明、蒙自四個方言點與江淮官話連雲港、漣水、揚州、南京、南通五個方言點來對照觀察，看看《泰律篇》中的鼻音尾變化與現今方言是否一致。

2.4.1 《泰律篇》與雲南方音

A.《泰律篇》一

	昭通	大理	昆明	蒙自
張口：登肯蒸能崩增	ən	ə̃/oŋ	ə̃/oŋ	ə̃/oŋ
解口：興欽稱林吟冰侵	in/ən/oŋ	ĩ/ə̃	ĩ/ə̃	ĩ/ə̃
合口：烘通中籠翁蓬峰宗	oŋ	oŋ	oŋ	oŋ
撮口：雄窮充龍容品從	ioŋ/oŋ	ioŋ/oŋ	ioŋ/oŋ	ioŋ/oŋ

以此圖在四個方言點的呈現來看，首先，除了昭通還維持 -n、-ŋ 兩類韻尾外，其他三地多數僅剩通攝 -ŋ 尾字，原屬收 -n 的臻攝、收 -ŋ 的曾攝與收 -m 的深攝已轉為鼻化韻，此種演變類型符合陳彥君（2018：177）所提「非低元音韻前後鼻尾合併音變發達」之說。換言之，在曾深臻三攝的主要元音非低元音的條件下，前後鼻音尾易走向合併或弱化。若細部分析，在昭通的「解口」類字中，照系讀 ən、幫系 oŋ 讀與其他開口細音字讀 in 有別；「撮口」類也是精、照系與見系中的「宮拱共恐」讀 oŋ，其他讀 ioŋ。大理地區「張口」類幫系讀 oŋ、精系讀 ə̃；「解口」類字中，照系讀 ə̃、其他讀 ĩ 有別；「撮口」類也是精、照

系與見系中的「宮拱共恐」讀 oŋ，其他讀 ioŋ 有別，幫系甚至讀 ĩ。昆明「張口」類幫系讀 oŋ、精系讀 ə̃ 有別；「解口」類照系讀 ə̃、其他讀 ĩ 有別；「撮口」類也是精、照系與見系中的「宮拱共恐」讀 oŋ，其他讀 ioŋ 有別，幫系甚至讀 ĩ。蒙自「張口」類則是幫系讀 oŋ、精系讀 ə̃ 有別；「解口」類照系讀 ə̃、其他讀 ĩ 有別；「撮口」類也是精、照系與見系中的「宮拱共恐」讀 oŋ，其他讀 ioŋ 有別，幫系甚至讀 ĩ。

B.《泰律篇》二

	昭通	大理	昆明	蒙自
張口：亨墾真冷奔㗊	ən	ə̃	ə̃	ə̃
解口：欣庭陳領因賓津	in/ən	ĩ/ə̃	ĩ/ə̃	ĩ/ə̃
合口：昏敦準崙溫盆分村	uən/ən	uə̃/ə̃	uə̃/ə̃	uə̃/ə̃
撮口：熏群春倫永頻文句	in/uən	ỹ/uə̃/ĩ	uə̃/i/ioŋ	uə̃/i/ə̃

以此圖在四個方言點的呈現來看，首先，除了昭通還維持鼻音尾外，其他都弱化轉為鼻化韻了。此圖所收為臻、梗二攝，在西南官話中普遍顯現為同讀 -n 尾，顯然在非低元音影響下，舌根尾普遍前移為舌尖尾[3]。其次，在昭通的「解口」類字中，照系讀 ən、其他開口細音字讀 in 有別；「合口」類非系讀 ən、精系讀 uən，兩者不同，這可能與唇音字的開合口不定有關；「撮口」類也是非、照系讀 uən，其他讀 in。大理也是「解口」類字中，照系讀 ə̃、其他開口細音字讀 ĩ 有別；「合口」類幫、非系讀

---

[3] 陳彥君（2018：178）指出「第一種音變趨向是發生在非低元音韻的前後鼻尾合併音變，這是西南官話各區域普遍存在的音變，表現為深臻梗曾同讀為 -n 尾。」

ɔ̃、其他讀 uɔ̃，兩者不同；「撮口」類也是幫系讀 ĩ、照系讀 uɔ̃、非系讀 ɔ̃，其他讀 ỹ。昆明也是「解口」類字中，照系讀 ɔ̃、其他開口細音字讀 ĩ 有別；「合口」類幫、非系讀 ɔ̃、其他讀 uɔ̃，兩者不同；「撮口」類也是幫系讀 ĩ、照系精系非系讀 uɔ̃、影喻疑讀 ĩoŋ。蒙自也是「解口」類字中，照系讀 ɔ̃、其他開口細音字讀 ĩ 有別；「合口」類幫、非系讀 ɔ̃、其他讀 uɔ̃，兩者不同；「撮口」類也是幫系讀 ĩ、照系讀 uɔ̃、非系讀 ɔ̃、「榮永」讀 ĩoŋ。

C.《泰律篇》三

	昭通	大理	昆明	蒙自
張口：航當張朗盎邦倉	aŋ	ã	ã	ã
解口：香姜昌穰娘央將	iaŋ/aŋ	iã/ã	iã/ã	iã/ã
合口：荒光椿汪旁方	uaŋ/aŋ	uã/ã	uã/ã	uã/ã
撮口：況匡幢王妄	uaŋ	uã/ã	uã/ã	uã/ã

以此圖在四個方言點的呈現來看，首先，除了昭通還維持舌根鼻音尾外，其他都轉為鼻化韻了，此圖所收為江宕二攝字，顯然在昭通呈現的是低元音韻不弱化的型態，但其他三地則是低元音韻鼻尾弱化的態勢。細部來看，在昭通的「解口」類字中，照系讀 aŋ 與其他開口細音字讀 iaŋ 有別；「合口」類非系讀 aŋ 可能與唇音字的開合口不定有關；至於在其他三地，很整齊地都是在「解口」類字中，照系讀 ã 與其他開口細音字讀 iã 有別；在「合口」類中，幫非二系讀 ã 與其他讀 uã 不同；在「撮口」類中也是非系讀 ã 與其他讀 uã 有別。

D.《泰律篇》四

	昭通	大理	昆明	蒙自
張口：罕丹勘詹覽安班簪	an	ã	ã	ã
解口：賢顛堅攐連烟鞭千	ian/an	iẽ/ã	iẽ/ã	ĩ/ã
合口：歡端官專鸞彎潘反鑽	uan/an	uã/ã	uã/ã	uã/ã
撮口：玄權穿戀元篇晚宣	ian/uan	yẽ/uã/iẽ	iẽ/uã	ĩ/ã

以此圖在四個方言點的呈現來看，首先，除了昭通還維持舌尖鼻音尾外，其他都轉為鼻化韻了。此圖所收為山咸二攝字，大理、昆明、蒙自的鼻化韻符合「低元音前鼻尾韻（咸山）讀鼻化韻或趨向弱化」（陳彥君 2018：177）。這四個地區的「解口」類字中，也都是照系讀 an 與 ã、其他開口細音字讀 ian 或 iẽ 有別；「合口」類也是幫非系讀開口、其他讀合口；「撮口」類則昭通是非、照系讀 uan，其他讀 ian。大理是照系 uã、非系 ã、幫系 iẽ、其他 yẽ。昆明是非照二系 uã、其他 iẽ。蒙自則是照系 uã、非系 ã、其他 ĩ。

從以上雲南方言的鼻音尾來看，除了昭通一地還能明確區分舌尖與舌根兩類前後鼻音韻尾外，其他三地除了原中古通攝字因為同時是後高元音加後鼻音尾的緣故，還能保留 -ŋ 尾不變外，其他韻攝的鼻音尾字不論原屬哪一系聲母，不論是低元音或非低元音，或是韻尾合併或是韻尾弱化，已多半都轉為鼻化韻了，證諸《泰律篇》內的鼻音尾字，今雲南方音是又進一步的演化結果。還有一點引人關注的是，除了大理一地有撮口呼 y 之外，其他方言點都是以齊齒呼代撮口呼，換言之，雲南方言中實際上僅有開、齊、合三呼，y 元音和 y 介音僅配少數如 n,l,tɕ,tɕ',ɕ 和零聲母。《中國語言地圖集》西南官話部分的論述，就提到「昆貴

片的特點是沒有撮口呼,只有望謨、元江、墨江、蒙自四處例外」,顯然在雲南方言中,某些地區確實沒有 y 介音和 y 元音,此種現象與某些前賢提到《泰律篇》內無 y 介音的看法也頗為吻合。

2.4.2 《泰律篇》與江淮官話

A.《泰律篇》一

	連雲港	漣水	揚州	南京	南通
張口:登肯蒸能崩增	əŋ	ən/oŋ	ən/oŋ	əŋ	ẽ/ʌŋ
解口:興欽稱林吟冰侵	iŋ/əŋ	in/ən	in/ən	iŋ/əŋ	eŋ/ɛ/iŋ
合口:烘通中籠翁蓬峰宗	oŋ/əŋ	oŋ	oŋ	oŋ/əŋ	ʌŋ
撮口:雄窮充龍容品從	ioŋ/oŋ/iŋ	ioŋ/oŋ/in	ioŋ/oŋ/in	ioŋ/oŋ/iŋ	iʌŋ/ʌŋ/eŋ

以此圖在五個方言點的呈現來看,除了漣水與揚州還有舌尖與舌根鼻音尾的前後區別外,其他三地都僅剩一類 -ŋ 尾了,這樣的音韻呈現與《泰律篇》第一圖同時兼容曾深臻通四攝三種鼻音尾為一爐的作法頗為近似。至於「解口」類的兩種不同讀音,也同雲南方言一般,是照系讀 əŋ、ən、eŋ 與其他聲母讀 iŋ、in 有別;「合口」類雖多數屬於通攝字,但少數來自曾梗二攝的合口字,與通攝合流後通常讀後高圓唇元音 oŋ 韻,少數讀 əŋ 韻的情形,符合陳彥君(2018:188)的觀察;不過,「撮口」類連雲港、南京則是幫系 iŋ、精照系 oŋ、其他讀 ioŋ;漣水、揚州是幫系 in,其他同連雲港、南京;只有南通是幫系 eŋ、精照系 ʌŋ、其他讀 iʌŋ,其中對唇音聲母的讀音歸併,卻未必符合陳氏的結論。

B.《泰律篇》二

	連雲港	漣水	揚州	南京	南通
張口：亨墾真冷奔㗊	əŋ	ən	ən	əŋ	ẽ
解口：欣庭陳領因賓津	iŋ/əŋ	in/ən	in/ən	iŋ/əŋ	eŋ/ẽ/iẽ
合口：昏敦準崙溫盆分村	oŋ/əŋ	uən/ən	uən/ən	uən/əŋ	yẽ/uẽ/ẽ
撮口：熏群春倫永頻文旬	ioŋ/oŋ/iŋ	yn/uən/in	yn/uən/in	iŋ/uəŋ	yŋ/yẽ/uẽ

以此圖在五個方言點的呈現來看，除了南通轉為鼻化韻外，其他有分屬於 -n 的前鼻音尾或 -ŋ 的後鼻音尾，若以《泰律篇》此圖收臻、梗二攝字來看，顯然在葛中選的想法裡應該是合併為同一類韻尾才是，問題是合併後的韻尾究竟是 -n 或是 -ŋ 呢？陳彥君（2018：188）認為「梗曾攝開口字則與深臻攝開合口同讀為 -n 尾，發生了 -ŋ>-n，通常讀 -ən 韻」，漣水、揚州兩地便是如此呈現；但連雲港和南京卻反而是讀 -əŋ 韻，說明兩種演變方向同時存在。在「解口」類字中，五個方言點都是照系讀 ən、əŋ 其他讀 in、iŋ，只有南通照系 ẽ、影喻疑 iŋ、日母 iẽ、其他讀 eŋ，比較不同。「合口」類在連雲港是曉匣、見系、照系、影喻疑讀 oŋ，其他讀 əŋ；漣水端系、幫系、精系讀 ən，其他讀 uən；揚州端、幫、非三系讀 ən，其他讀 uən；南京幫、非二系讀 əŋ、其他讀 uəŋ；南通幫、非、端系讀 ẽ，精、照二系讀 yẽ，曉匣、見系、影喻疑讀 uẽ，似乎顯示了發音部位越外邊的較容易丟失合口介音 u。「撮口」類字連雲港的呈現是非、照二系讀 oŋ，幫系讀 iŋ，其他讀 ioŋ；漣水照、非二系讀 uən，影喻疑 iŋ，幫系 in，其他 yn；揚州照、非、精系讀 uən，來日讀 ən，影喻疑讀 ioŋ 或 in，其他讀 yn，讀音分布情形近似漣水；南京也是照、

非、精系讀 uəŋ，其他讀 iŋ；南通則是照系 yɛ̃，非系 uɛ̃，幫系 eŋ，其他 yŋ。此圖顯示的是前元音與鼻音尾的搭配情形，原本表示合口與撮口徵性的 u 和 y，或是脫落、轉由圓唇的 o 擔任，部分轉為齊齒的 i 或是合口的 u 擔任，說明某些地區可能缺乏撮口呼。

C.《泰律篇》三

	連雲港	漣水	揚州	南京	南通
張口：航當張朗盎邦倉	aŋ	aŋ	aŋ	ã	õ
解口：香姜昌穰娘央將	iaŋ/aŋ	iaŋ/aŋ	iaŋ/aŋ	iã/ã	iẽ/õ/yõ
合口：荒光椿汪旁方	uaŋ/aŋ	uaŋ/aŋ	uaŋ/aŋ	uã/ã	uõ/õ/yõ
撮口：況匡幢王妄	uaŋ	uaŋ	uaŋ	uã	uõ/yõ

此圖原本收中古江宕二攝字，在五個方言點中有三處還保留舌根鼻音尾，南京、南通則已轉為鼻化韻，原本低元音與後鼻音尾也較有利於 -ŋ 尾的保留，不過南京與南通的實際讀音，也趨向鼻尾弱化發展。「解口」類的二分讀音還是顯示照系讀開口與其他聲母的細音有別，南通一地的日母字「穰壤讓」讀 yõ 較特殊；「合口」類也是幫、非二系讀開口，與其他讀合口有別；「撮口」類僅有南通照系讀 yõ，其他讀 uõ。從此圖的撮口呼字都讀呈合口呼來看，說明 y 介音在江淮官話中常被分解為 i/u 二音，一如雲南方言般，轉由 i 或 u 來擔任，此一特點和《泰律篇》是比較相近的。

D.《泰律篇》四

	連雲港	漣水	揚州	南京	南通
張口：罕丹勘詹覽安班簪	ã/ɛ̃/õ	ã	æ̃/ĩ	ã	õ/ã/ĩ

解口：賢顛堅攙連烟鞭千　　iẽ/ẽ　　　iĩ/ã　　ĩ/æ̃　　ẽ/iẽ/ã　　ĩ
合口：歡端官專鸞彎潘反鑽　　õ/ã　　　õ/ã　　õ/uæ̃/æ̃　　uã/ã　　õ̃/yø̃/
　　　　　　　　　　　　　　　　　　　　　　　　　　　　　　　　yã/ã
撮口：玄權穿戀元篇晚宣　　yõ/ð̃/　yĩ/iĩ/ð̃/　yĩ/ð̃/ĩ/　yẽ/ẽ/　yø̃/ĩ/uã
　　　　　　　　　　　　　iẽ/uã　　　uã　　　uæ̃　　　uã/iẽ

此圖原收來自中古山、咸二攝字，很明顯的 -m、-n 兩類鼻音尾在江淮官話中全部轉為鼻化韻，無一例外，此種音變現象雖然與陳彥君（2018：188）所提「低元音前鼻尾韻（咸山）的文讀層為開口韻 *an、白讀層為合口韻 *on」不同，但符合陳氏所言「兩類皆讀鼻化韻或趨向弱化」。本圖「解口」類仍是照系讀開口與其他細音字不同；「合口」類則是幫、非二系唇音字今讀多無 u 介音，轉為開口，與其他合口字不同；「撮口」類成分複雜，五地都有精系字是讀成帶 y 介音的鼻化韻，幫系是帶 i 介音的鼻化韻，非系則是帶 u 介音的鼻化韻，形成不同的條件音變。

　　從以上江淮官話的鼻音尾來看，除了江宕通三攝的舌根鼻音尾尚能保存外，-m、-n 兩類鼻音尾已絕大部分轉成鼻化韻，消變順序符合越外面的發音部位越容易丟失，發音部位越裡面的越容易保留；而在元音的搭配上，非低元音與鼻音韻尾的搭配較易弱化與合併，低元音 ɑ 或是後圓唇元音 o 與舌根鼻音尾的搭配較有利於留存鼻音尾。相較於雲南方言，江淮官話鼻音尾消亡的速度更快，未來可能連鼻化成分都丟失，轉為陰聲韻。至於撮口呼 y 介音是否存留？似乎江淮官話部分地區同西南官話般，有些地區保留，有些地區轉由 i 和 u 來取代，適與雲南方言昆貴片中實際上僅有開、齊、合三呼，y 元音和 y 介音僅配少數如 n,l,tɕ,tɕ',ɕ 和零聲母的現象頗相似，說明《泰律篇》內將照系與非系字分列

於合口呼與撮口呼的作法，實際上帶有強自區別的意味。

2.4.3 兼論《泰律篇》與陝西方言

檢視葛中選一生事蹟，發現他曾待過南京、雲南、陝西等地，個人在對比雲南方言與江淮官話後，也比對了陝西白河、漢中、西安、寶雞、綏德五個方言點的鼻音韻尾字，希望觀察其間之異同。以第三圖宕攝字來說，除西安、寶雞已弱化讀成 ãɤ、ã 鼻化韻外，其他三地還是維持低元音後鼻音尾的 aŋ；第四圖山、咸二攝在白河、漢中還讀 an，西安、寶雞轉為鼻化韻 ã、æ̃，綏德則又更進一步，除撮口呼少數微母字外，其他聲母皆轉為陰聲韻 æ、uæ、ie、ye 了，屬於低元音韻鼻尾弱化類型。第二圖的臻、梗二攝在白河、漢中讀 ən，在寶雞、綏德反而讀 əŋ，只有西安讀鼻化韻 ə̃。第一圖的曾深臻通四攝字，是唯一五個方言點都保留鼻音尾的，在白河、漢中二地，原通攝字讀 uŋ、yŋ 後鼻音尾、其他攝讀 ən、in 前鼻音尾，區分頗為明顯；西安、寶雞和綏德則都讀成 əŋ、iŋ、uŋ(uəŋ)、yŋ 後鼻音尾一類，符合「非低元音韻前後鼻尾合併音變發達」（陳彥君 2018：177）的音變條件。

從陝西方言的鼻音尾也漸次弱化、合併，朝鼻化韻或是單一類後鼻音 -ŋ 尾來看，與雲南方言、江淮官話實可串連成一條東西向的鼻尾演化分布與走向路徑，也許葛中選對《泰律篇》陽聲韻尾的安排，非憑空想像或理想建構，而與其曾經的經歷有關。

三、結語

　　本文以《泰律篇》中的三類陽聲韻尾進行觀察，發現若以明代的語言材料來看，葛中選對《泰律篇》中鼻音韻尾字的措置，可能反映了某些地區頗為進步的鼻音韻尾演化現象。但誠如王松木（2000：275）所言「《泰律》所附載的各式韻圖並非客觀分析實際語音，且雜揉《易》理象數的概念」，加上董忠司先生也曾提過「雜揉性的語言材料不適合構擬單一音系」，是以，個人在檢視《泰律篇》中所呈顯之語音現象時，並不打算將之與某個方言畫上等號，反而希望將之視為中介橋梁，作為印證方言之用。

　　循著葛中選一生的足跡行旅，他到過江南、西南、西北等地，因此他對鼻音尾字的編排或許與他曾踏足過或駐足過的地方讀音有關，然而《泰律篇》中的鼻音尾反映的究竟是雲南方言？是江淮官話？甚或是陝西方音？還是都有可能。唯一能確定的是有 -n、-ŋ 兩類韻尾且朝演化為 -ŋ 尾邁進。至於是否有撮口呼？葛中選雖明確設有此呼與列字，但照系與非系字同列於合、撮二呼的作法又令人存疑；甚且把不送氣音與送氣音混列於不送氣聲母處的考量，也不見於今雲南、陝西、江淮三地，以此觀之，此圖所呈現的應非單一地區語音。

引用書目

王松木，2000，《明代等韻之類型及其開展》，中正大學中研所博士論文。

北京大學中國語言文學系語言學教研室編，1989，《漢語方音字彙》第二

版,北京:文字改革出版社。
李登,1587,《書文音義便考私編難字直音》(故宮博物院藏明萬曆十五年陳邦泰刻本影印),上海:上海古籍出版社(續修四庫全書版)。
李榮、熊正輝、張振興等主編,1987,《中國語言地圖集》,香港:朗文書局。
李新魁,1983,《漢語等韻學》,北京:中華書局。
耿振生,1992,《明清等韻學通論》,北京:語文出版社。
陳章太、李行健編,1994,《普通話基礎方言基本詞匯集》(語音卷),北京:語文出版社。
陳彥君,2018,《漢語鼻音韻尾變異類型研究》,臺灣大學中研所博士論文。
張玉來,2012,〈論葛中選《太律》的音韻學價值〉,《山東大學學報》(哲社版)第 4 期,p.154-160。
葛中選,1618,《太律十二卷外篇三卷》(中國藝術研究院音樂研究所藏明刻本影印),上海:上海古籍出版社(續修四庫全書版)。
顏靜馨,2002,《《太律》之音學研究》,中正大學中研所碩士論文。
戴飛,2010,《《太律篇》音系研究》,蘇州大學碩士論文。
蘭茂,1442,《韻略易通》,臺北:廣文書局有限公司。

附錄

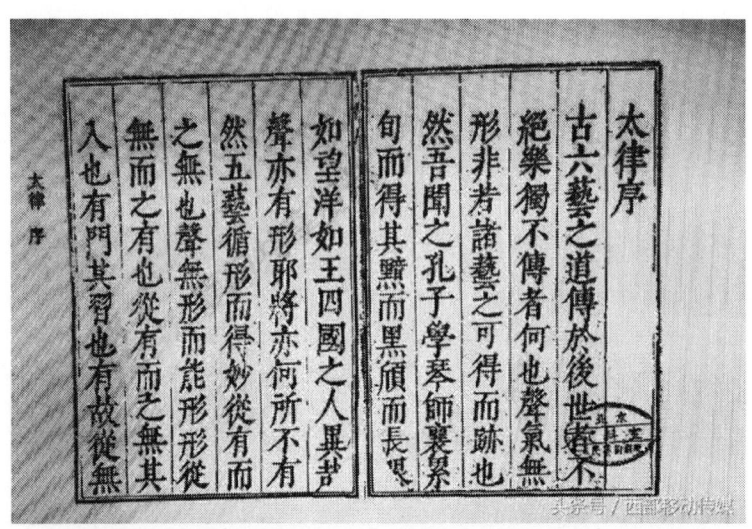

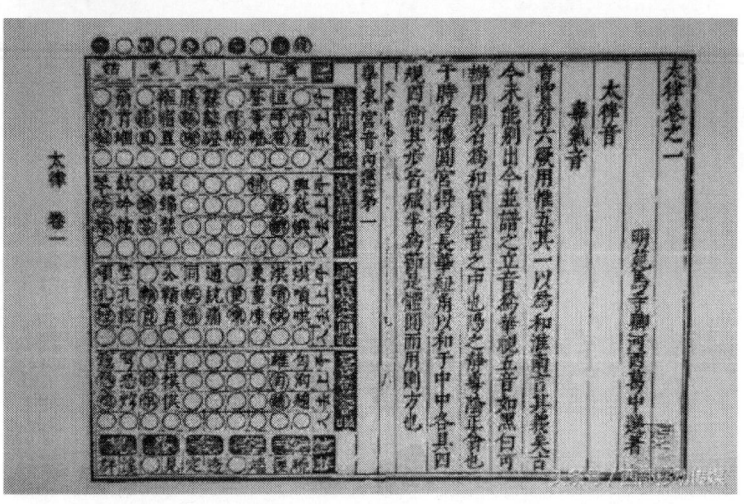

本文初稿發表於第 17 屆國際暨第 37 屆全國聲韻學學術研討會，中央大學中文系主辦，2019.5.4-5

附論

《警世通言》所呈顯出的用韻現象與方言詞

中文提要

　　《警世通言》為明代馮夢龍所編撰《三言》中的第二部，此書共 40 卷，收錄 40 個宋元話本以及明代的擬話本，其中也包括馮夢龍的擬作。本文就《警世通言》進行兩方面的考察：一是就該書 40 卷中的開場詩（詞）與散場詩的韻腳字進行研究，觀察其用韻現象。經過初步的查檢，獲悉該書在押韻上所呈顯出的韻母現象有：支、齊、灰混用（止、蟹合流）；麻、尤混用（假、流合流）；庚、真混用（梗、臻合流）；葉(-p)、屑(-t)混用以及陌(-k)、緝(-p)混用等。二是從書中所使用的某些詞語，釐析其是否具方言色彩。經過初步檢索，在人稱代詞上有自家、伊、渠；在名詞上有物事、夜飯、生活、結末、外廂等；在動詞上有尋、立、睬、相幫等；在形容詞上有便當、停當、尷尬等；在副詞上有勿、弗、忒、一逕等；在助詞上有別個、真個等。經過本文的初步研究，從押韻上或許無法確定具某些方音特點，但從詞語的使用上，則確實透顯出某些具吳語特色的地方用詞。

關鍵詞：《警世通言》、馮夢龍、《洪武正韻》、吳方言

一、前言

　　《警世通言》為明代馮夢龍所編撰《三言》中的第二部,此書共 40 卷,收錄 40 個宋元話本以及明代的擬話本,其中也包括馮夢龍的擬作。至於《三言》中的內容有多少是廣泛流傳於宋元明時期說書先生的口頭底本,被馮夢龍收錄並進行刪改潤飾,有多少是馮氏的擬作,據徐文助(1983:考證 8-9)[1]的考證可分為四類:

1. 可以確定為宋人所作的:4、7、8、12、14、16、19、37、38 等卷。
2. 疑為宋、元人所作的:10、13、20、27、30、33、36、39 等卷。
3. 可確定為明代作品的:11、17、18、21、22、24、26、31、32、34、35 等卷。
4. 疑為明代作品的:5、6、25、28、40 等卷。

在 40 卷中據徐氏所考證能確定撰作年代的有 33 個話本,有 7 個話本則至今仍無法確定。從徐氏的考證來看,排除無法確定年代的話本,宋元話本與明代擬話本的數量大約各占一半,可見《警世通言》的複雜性,而該書也的確是由宋至明的話本彙編。

　　本文擬就《警世通言》進行兩方面的考察:一是就該書 40 卷中的開場詩(詞)與散場詩的韻腳字進行研究,觀察其用韻現象;二是從書中所使用的某些詞語,釐析其是否具方言色彩。本

---

[1] 在三民書局出版的《警世通言》(明金陵兼善堂本)中,收錄了徐文助所著之〈引言〉與〈考證〉二文,此處即引用徐氏〈考證〉一文內所考證之結果。

文主要使用中國哲學電子書計劃中的電子版《警世通言》[2]為檢索對象，以紙本為輔，以利查檢與對照。

二、《警世通言》所呈顯的用韻現象

本小節討論兩項內容，一是初步整理歸納出《警世通言》裡的詩詞押韻韻腳字所屬韻目與韻字，二是就其押韻現象分析是否具某些方音特點。以下分別敘述：

2.1 《警世通言》中的詩詞押韻

由於《警世通言》所收為宋元明階段民間流衍的話本，即使經過馮夢龍的潤飾甚至擬作，也是模仿原先話本的體例與口吻。若以此觀之，那麼《警世通言》中的詩詞用韻與故事中使用的口語詞，也當以宋元時期的音韻現象與詞語為主。基於形成一部完整的話本，其結構依序為：開場詩（詞）、入話、（得勝）頭迴、正文、散場詩等五部分，而全書 40 卷每一卷除了必有的開場詩（詞）和散場詩外，內文中亦常穿插不少詩或詞，總體數量相當繁多。限於時間與篇幅，本文僅擇取 40 卷中的開場詩（詞）與散場詩兩部分，進行韻腳字的查檢與分析，總計 108 首。其中第 8 卷（12 首）和第 14 卷（16 首）的開場詩（詞），是以多首的詩和詞串聯而成，有套詩或套詞的味道；另外第 4 卷有 4 首、第 12 卷有 3 首、第 38 卷 3 首；除此之外，每卷皆各 2

---

[2] 中國哲學電子書計劃的網址為 http://ctext.org/zh，該計劃所收錄之《警世通言》版本為三桂堂王振華覆明刊本，藏於北京圖書館。

首,總計有 108 首。

在這 108 首詩詞中,詩作占 79 首,詞有 29 闋。個人先將這些詩詞中的韻腳字挑出來,再查檢《洪武正韻》中的韻目歸屬,之所以選擇《洪武正韻》做為韻書對照,乃因《警世通言》中的故事經過宋元明三階段的流衍與潤改,藉由《洪武正韻》正可一窺其間的押韻行為與變化,而《洪武正韻》在編排體例與韻目分合上,又有《廣韻》體例的影子,正可做為觀察由中古至近代的用韻是否發生變化。

而經過個人初步的查檢後,發現 108 首詩詞中,押仄聲韻的有 13 首,平仄換韻的有 6 首,其餘 89 首全押平聲韻,占 82%。如此高比例的押平聲韻詩詞,乍看之下,似乎可視為《警世通言》的押韻特點,然而若從詩詞用韻的規則與限制來看,恐非如此。因為以詩的押韻來說「近體詩(律詩、絕句)只押平聲韻,古體詩可以押平聲韻,也可以押仄聲韻,但不可以把平、仄混在一起押。」[3](呂正惠 1991:102),以《警世通言》中 79 首的開(散)場詩而言,只有 5 首是押仄聲韻的,其餘 74 首皆是押平聲韻,符合呂正惠和王力所言的正例。特別的是,不論律詩或絕句皆需一韻到底,不可換韻,但 34 卷的開場詩卻是皆、泰二

---

[3] 討論到近體詩的押韻時,許多學者的說法都如呂正惠般,但我們也能找到反例,如王維〈竹里館〉和柳宗元〈江雪〉即是押仄聲韻,如此一來似乎傳統說法非金科玉律。對此,王力在《漢語詩律學》(1989:60)中云:「近體詩以平韻為正例,仄韻非常罕見,仄韻律詩很像古風,我們要辨認它們是不是律詩,仍應該以其是否用律句的平仄為標準。」王力並舉了劉長卿〈湘中紀行十首之一・浮石瀨〉為例。王力此言雖然主要在談律詩,但也提到近體詩以平韻為正例,仄韻為變例,因此〈竹里館〉和〈江雪〉當也屬罕見的變例之一。

韻混押，相當罕見。

至於 29 闋詞作的押韻則視詞牌而定，「詞調是有平仄格式的，因此凡押韻處是平聲字的，這一詞牌當然押平聲韻，押韻處是仄聲字，那一詞調也就押仄聲韻。」（呂正惠 1991：103），個人查索這些詞作的詞牌押韻限制後，的確發現如鷓鴣天、浣溪紗、柳梢青、搗練子等詞牌本應押平韻，在《警世通言》中的確也押平韻；而念奴嬌、謁金門、品令、一斛珠、捲珠簾、夜遊宮、蝶戀花等本應押仄韻的詞牌，在《警世通言》中也是押仄韻的；至於清平樂、虞美人、減字木蘭花等詞牌是可平仄換韻的，在《警世通言》中也是平、仄韻混押，此即呂正惠所謂「轉韻」（1991：105），「是仄韻、平韻互相轉換押韻的形式」（呂正惠 1991：105）。即因詞的押韻受詞牌影響，因此前面所言之有 13 首押仄韻、6 首為平仄換韻的例子，多數出現在詞作中。因此，就《警世通言》中開（散）場詩（詞）多數押平韻的現象觀之，並非是《警世通言》中的用韻特點，實則是受原本詩詞用韻限制下的結果。

2.2 《警世通言》所呈顯的音韻現象

檢索《警世通言》108 首詩詞在《洪武正韻》中的韻目歸屬後，可獲悉幾項與韻母有關的現象，至於聲母特點則較無法從韻字上得悉。以下先列出 40 卷開（散）場詩（詞）的韻字與所屬韻目，凡一首詩詞有換韻者以 / 區分；不只一首詩詞者，以 a. b. c. 等標示。

1. 第一卷—開場詩：金琴心（平侵）；
    散場詩：心音琴（平侵）

2. 第二卷—開場詞：雲真身塵（平真）／恨分（去震）；
   散場詩：知嗤師（平支）
3. 第三卷—開場詩：蛙涯誇（平麻）；
   散場詩：師嗤期（平支）
4. 第四卷—開場詩詞：a.月悅結徹血絕鐵別拙（入屑）b.時知（平支）；
   散場詩：a.多何河（平歌）b.風中（平東）
5. 第五卷—開場詩：魁（平灰）／來（平皆）；
   散場詩：妻欺（平齊）
6. 第六卷—開場詞：衰（平灰）／溪樓（平齊）／邳馳兒（平支）；
   散場詩：皇妨（平陽）
7. 第七卷—開場詩：憑燈僧（平庚）；
   散場詩：聾中功（平東）
8. 第八卷—開場詞：a.佳沙芽鴉家花（平麻）b.濃風驄籠重（平東）c.欖紅東窮風（平東）d.惡落（入藥）e.花家（平麻）f.歸（平灰）／西（平齊）g.劫（入葉）／切（入屑）h.叢空（平東）i.存昏（平真）j.雨縷（上語）／吐浦（上姥）／住處（去御）／度（去暮）k.歸（平灰）／飛稀衣（平支）；
   散場詩：牙家（平麻）
9. 第九卷—開場詩：篇賢弦邊（平先）；
   散場詩：才來哀（平皆）
10. 第十卷—開場詩：休樓愁頭流（平尤）；
    散場詩：逢中（平東）
11. 第十一卷—開場詩：來（平皆）／回催（平灰）；

散場詩：揚狂長（平陽）
12. 第十二卷─開場詞：a.樓油謳甌舟游愁州（平尤）b.州愁州（平尤）；
散場詩：鴛天（平先）
13. 第十三卷─開場詩：遲時（平支）／齊（平齊）；
散場詩：驚清（平庚）
14. 第十四卷─開場詞：a.色脈摘陌拆息的積（入陌）b.碧食寂力得壁滴（入陌）／濕（入緝）c.色（入陌）／竹綠足促曲目（入屋）d.低啼（平齊）／飛知依（平支）e.愁（平尤）／花涯鴉家（平麻）f.抱道到（去效）／好草老（上巧）／曉少（上篠）g.松重（平東）／共鳳（去送）／力摘碧息（入陌）h.定徑靜（去敬）／影（上梗）／情成生（平庚）i.處住（去御）／愁樓（平尤）／怨見（去霰）／紅同（平東）j.暮露負訴咐（去暮）／語（上語）／去處（去御）k.盡（去震）／定靜（去敬）／飛衣（平支）／歸（平灰）／整（上梗）l.去絮處（去御）／語緒宇（上語）／苦阻（上姥）m.金（平侵）／塵人（平真）n.息碧惜客色的（入陌）o.哨（去嘯）／早惱澡巧好（上巧）／曉（上篠）
散場詩：塵人身（平真）
15. 第十五卷─開場詩：凶公（平東）；
散場詩：非知（平支）
16. 第十六卷─開場詞：窮空鴻紅風（平東）；
散場詩：淫心侵（平侵）
17. 第十七卷─開場詞：聲輕清憑（平庚）／慶定（去敬）；

散場詩：心針（平侵）
18. 第十八卷—開場詩：泉年仙錢（平先）；
散場詩：蒼長（平陽）
19. 第十九卷—開場詩：墀枝時（平支）／追（平灰）；
散場詩：頭憂（平尤）
20. 第二十卷—開場詩：間山閑（平刪）；
散場詩：書虛（平魚）
21. 第二十一卷—開場詩：稀遲（平支）／棋基（平齊）；
散場詩：強娘郎（平陽）
22. 第二十二卷—開場詩：求憂舟（平尤）；
散場詩：福肉（入屋）
23. 第二十三卷—開場詩：魂奔昏村（平真）；
散場詩：王妨（平陽）
24. 第二十四卷—開場詩：游繆流囚頭（平尤）；
散場詩：聞人（平真）
25. 第二十五卷—開場詩：情憑名聲盟（平庚）；
散場詩：昌郎（平陽）
26. 第二十六卷—開場詩：雞低西齊靐（平齊）；
散場詩：裡理（上薺）／語女（上語）／始止恥耳死子己（上紙）
27. 第二十七卷—開場詩：傳仙（平先）；
散場詩：心淫尋（平侵）
28. 第二十八卷—開場詩：休洲（平尤）；
散場詩：春（平真）／生形明（平庚）
29. 第二十九卷—開場詩：情鶯（平庚）；

　　　　　　散場詩：鶯亭（平庚）
30. 第三十卷─開場詩：人（平真）/ 情（平庚）；
　　　　　　散場詩：緣蓮（平先）
31. 第三十一卷─開場詩：姬思兒（平支）；
　　　　　　散場詩：家花（平麻）
32. 第三十二卷─開場詩：嵬圍輝（平灰）/ 衣（平支）；
　　　　　　散場詩：談參慚（平覃）
33. 第三十三卷─開場詩：陳身人（平真）；
　　　　　　散場詩：門身人（平真）
34. 第三十四卷─開場詩：來呆（平皆）/ 敗害（去泰）；
　　　　　　散場詩：多何歌（平歌）
35. 第三十五卷─開場詩：流頭留（平尤）；
　　　　　　散場詩：生（平庚）/ 神（平真）
36. 第三十六卷─開場詩：求侯愁（平尤）；
　　　　　　散場詩：真人神（平真）
37. 第三十七卷─開場詩：心深（平侵）；
　　　　　　散場詩：兇宗（平東）
38. 第三十八卷─開場詩：休樓由頭愁（平尤）；
　　　　　　散場詞：a.驚情明（平庚）/ 命（去敬）b.鵑憐冤
　　　　　　泉連緣天圓（平先）
39. 第三十九卷─開場詩：賢傳仙（平先）；
　　　　　　散場詩：塵鄰人（平真）
40. 第四十卷─開場詩：青城名精（平庚）；
　　　　　　散場詩：留求舟（平尤）
在查檢與整理以上所列 40 卷內開（散）場詩詞的韻腳字

後，搭配中古韻攝，可得悉幾項韻母現象，在陰聲韻方面：

A. 支、齊、灰三韻混用（止、蟹二攝合流）／薺、紙、語三韻混用（止、遇、蟹合流），這顯示 -i、-ï、-y 三類韻母可互押。

B. 麻、尤二韻混用（假、流二攝合流）

C. 皆、灰混用（蟹攝）；語、姥混用（遇攝）／暮、御混用（遇攝），這顯示雖然在《洪武正韻》中不同韻，但在中古時原屬同一韻攝內的字也可通押。

D. 上、去聲字混押，如巧、篠（上）／嘯、效（去）同為效攝仄聲字，但聲調不同，然而在押韻時卻可通押。

在陽聲韻方面：

A. -m、-n、-ŋ 三類鼻音尾基本仍分立，但有少數庚、真混用和東、霰混用／敬、震混用的現象，顯示 -n、-ŋ 韻尾開始合流。

B. 有一例是真、侵混用，顯示 -m、-n 似乎開始合流。

除此之外，在《警世通言》內文中，有時把「清早」寫作「侵早」（第 5、23、38 卷），如「兩個師父侵早到來，恐怕肚裡饑餓。」（《第五卷呂大郎還金完骨肉》）；「樂和打聽得喜家一門也去看潮，侵早便妝扮齊整，」（《第二十三卷樂小舍棄生覓偶》）。把「準備」寫作「整備」（第 1、17 卷），如「船上水手都起身收拾篷索，整備開船。」（《第一卷俞伯牙摔琴謝知音》）；「明春就考了監元，至秋發魁。就於寓中整備喜筵，與黃小姐成親。」（《第十七卷鈍秀才一朝交泰》）

從侵/清混用、準/整混用來看，以上線索也提供我們該書中 -m、-n、-ŋ 三類鼻音尾開始混讀的線索。

在入聲韻方面：

-p、-t、-k 三類塞音尾基本仍分立，但有少數葉、屑混用，顯示 -p、-t 尾合流；緝、陌混用，顯示 -p、-k 尾合流。

由以上所歸納出《警世通言》的用韻現象後，基本上只能看出是由中古音至近代音的過程中，一般而普遍的音韻現象，其中除了 -n、-ŋ 韻尾可混押較傾向江淮官話外，從這些線索中無法幫助我們確定《警世通言》理的用韻是否反映某些方音現象。李雪（2012）在研究過《三言》的語音現象後，得出數項聲韻調上的特點，並總結歸納得出《三言》是以江淮官話洪巢片方言為基礎寫成的。其中李氏指出在韻類方面的特點有：

a. 部分入聲韻尾的混用或消失
b. 梗攝與曾攝合併
c.「庚蒸」韻與通攝韻有合流趨向
d. 閉口韻尾 -m 已演變成為 -n
e. 舌面元音 -i 韻母字和圓唇元音 -u 韻母字的範圍有所擴大
f. -y 韻母已產生撮口呼

在調類方面的特點有：
a.平分陰陽　　b.濁上變去　　c.平聲和上聲相混
d.平聲和去聲相混　　e.存在入聲

若以李氏所獲得的結論與本文初步觀察《警世通言》的用韻現象後，在韻類方面的相似點有 a. b. d. e.，在調類上的相似點有 c. d. e.。由於李氏是將《三言》中的所有詩詞韻文材料與諧音異文材料，用統計、比較、韻腳系聯等方法進行全面性的研究，由此得出《三言》音系與江淮官話洪巢片相符的論點，其中自有其依據。若以江淮官話洪巢片的主要特點中即有：具入聲韻和入聲

調，-n、-ŋ 鼻音尾老派合流，新派能區分來看，似乎確有某些相符合的條件。但僅依據這兩樣特點個人並不認為便能斷定《警世通言》的語音依據，況且李氏所論調類的 c. d. 其實是受詞牌平仄混押的條件限制結果，不代表實際語音中有此特點；而江淮官話洪巢片的另一特點 n/l 不分，在李雪的研究中並未提及與討論，個人在《警世通言》中亦未發現，可見《三言》中可能無此現象。是以，個人以為單以用韻而言，至少以本文目前的觀察來看，恐怕無法確定《警世通言》具有何種方音色彩。

三、《警世通言》中的方言詞語

雖然從《警世通言》裡的開（散）場詩詞押韻無法認定是否具某種方音成分，若是檢索內文中使用的詞語，能否提供我們其他的語言線索呢？基於馮夢龍為江蘇蘇州人，不知是否在其擬作中也帶入吳方言詞？加上孫鵬飛（2001）在研究《三言》裡的詞彙系統後認為《三言》具吳語成分。是以，本文以孫鵬飛（2001）所列舉之吳語詞為基礎再加上少許吳方言詞進行檢索，觀察《警世通言》裡是否也使用這些吳方言詞。為求確認，並同時查檢由石汝杰、宮田一郎所主編之《明清吳語詞典》（2005），檢視這些語詞是否也見於《明清吳語詞典》內，凡見於《明清吳語詞典》的，便依據詞典內的詞義說明；《明清吳語詞典》內未收錄的，則佐以「現代漢語方言大詞典」電子版進行查檢，以確認其是否確實為吳方言詞，由此釐析《警世通言》是否具吳語色彩。經過檢索，今依詞類分類列舉與說明如下：

3.1 代詞

1. 自家：48 次，《明清吳語詞典》中指自己，有時是自稱（我）
   (1) 江居稟道：「相公陸行，必用腳力。還是拿鈞帖到縣驛取討，還是自家用錢僱賃？」荊公道：「我吩咐在前，不許驚動官府，只自家僱賃便了。」江居道：「若自家僱賃，須要投個主家。」（《第四卷拗相公飲恨半山堂》）

2. 伊：22 次，《明清吳語詞典》中指他；她
   (1)「大塊無心兮，生我與伊。我非伊夫兮，伊非我妻。偶然邂逅兮，一室同居。大限既終兮，有合有離。人生之無良兮，生死情移。真情既見兮，不死何為！伊生兮揀擇去取，伊死兮還返空虛。伊弔我兮，贈我以巨斧；我弔伊兮，慰伊以歌詞。斧聲起兮我復活，歌聲發兮伊可知！噫嘻，敲碎瓦盆不再鼓，伊是何人我是誰！」（《第二卷莊子休鼓盆成大道》）

除了使用「伊」作為第三人稱代詞，有時也使用「伊家」，如《第十四卷一窟鬼癩道人除怪》中的開場詩詞：

開場詩（詞）
燕語千般，爭解說些子伊家消息。厚約深盟，除非重見，見了方端的。而今無奈，寸腸千恨堆積。

開場詩（念奴嬌詞）
何事東君又去！空滿院落花飛絮；巧燕呢喃向人語，何曾解說伊家些苦？況是傷心緒，念個人兒成暌阻。一覺相思夢回處，連宵而。更那堪，聞杜宇！

3. 渠：5 次，《明清吳語詞典》中指他；她；它
   (1)桂生答道：「自蒙恩人所賜，已足本錢。奈渠將利盤算，田產盡數取去，只落得一家骨肉完聚耳。說罷，淚如雨下。」（《第二十五卷桂員外途窮懺悔》）
   (2)姨問鸞道：「周公子厚禮見惠，不知何事？」嬌鸞道：「年少狂生，不無過失，渠要姨包容耳。」（《第三十四卷王嬌鸞百年長恨》）

   在《警世通言》裡的人稱代詞中，不見儂、我儂、你儂等第一與第二人稱代詞[4]，但卻有自家、渠、伊、伊家等表示第一與第三人稱的代詞，「渠」字不見於孫鵬飛（2001）文中，但侯精一（2002：73）卻提到「第三人稱代詞單數多數說『渠』，還有少數方言點用『伊』，只有受官話影響深的小片說『他』」，可見渠、伊、伊家這三者的確是吳語中常用的人稱代詞。

4. 恁、恁般、恁地、恁樣、恁的：
   《警世通言》裡的指示代詞「恁」有頗多變化，包括恁般、恁地、恁樣、恁的等代詞，都表示這樣、如此之義，出現機率頗頻繁，顯然是當時常用的口語詞。
   A.恁：82 次，《明清吳語詞典》作指示代詞時，相當於「這麼」、「那樣」
   (1)「我們婦道家一鞍一馬，倒是站得腳頭定的。怎麼肯把話與他人說，惹後世恥笑。你如今又不死，直恁枉殺了人！」就莊生手中奪過紈扇，扯得粉碎。（《第二卷莊子休鼓盆成

4　儂和我儂二詞雖不見於《警世通言》，但《喻世明言》中卻各有一至二例，《醒世恆言》中有儂 4 例，但無我儂一詞。

大道》）

B.恁般：20 次，即這般

(1)「假若有名譽的時節，一個瞌睡死去了不醒，人還千惜萬惜，道國家沒福，**恁般**一個好人，未能大用，不盡其才，卻倒也留名於後世。及至萬口唾罵時，就死也遲了。」（《第四卷拗相公飲恨半山堂》）

(2)孫婆聽說，笑將起來道：「從不曾見**恁般**主顧！白住了許多時店房，倒還要詐錢撒潑，也不像斯文體面。」（《第六卷俞仲舉題詩遇上皇》）

C.恁地：38 次，即這樣、那樣

(1)酒保道：「解元借筆硯，莫不是要題詩賦？卻不可污了粉壁，本店自有詩牌。若是污了粉壁，小人今日當直，便折了這一日日事錢。」俞良道：「**恁地**時，取詩牌和筆硯來。」須臾之間，酒保取到詩牌筆硯，安在桌上。

(2)人生七十古來稀，算**恁地**光陰，能來得幾度！（《第六卷俞仲舉題詩遇上皇》）

D.恁樣：1 次，即這樣、那樣

(1)「蘇知縣是個老實的人，何曾曉得**恁樣**規矩，聞說不要他船錢，已自夠了，還想甚麼坐艙錢。」（《第十一卷蘇知縣羅衫再合》）

E.恁的：6 次，即這樣、那樣

(1)「那老兒見知縣披著被，便道：『官人如何**恁的**打扮？』知縣道：『老丈，再理是廣州新會縣知縣，來到這峰頭驛安歇。到曉，人從行李都不見。』」

(2)「趙知縣道：『甚人敢**恁的**無狀！我已歸來了，如何又一

個趙知縣?」出門,看的人都四散走開。」(《第三十六卷皂角林大王假形》)

3.2 名詞

1. 事體:3 次,此詞不見於《明清吳語詞典》,但在丹陽、上海、寧波等地使用此詞,即事情。

    (1)「公子道:『俺在汴京,為打了御花園,又鬧了御勾欄,逃難在此。煩你到汴京打聽**事體**如何?半月之內,可在太原府清油觀趙知觀處等候我,不可失信!』」(《第二十一卷趙太祖千里送京娘》)

    (2)「公子說:『王定,我們**事體**俱已完了,我與你到大街上各巷口閒耍片時,來日起身。』」(《第二十四卷玉堂春落難逢夫》)

2. 物事:33 次,《明清吳語詞典》中指東西之義

    (1)「不則一日,朝廷賜下一領團花繡戰袍。當時秀秀依樣繡出一件來。郡王看了歡喜道:『主上賜與我團花戰袍,卻尋甚麼奇巧的**物事**獻與官家?』」(《第八卷崔待詔生死冤家》)

3. 肚腸:1 次,在《明清吳語詞典》中有二義,一為腸子;一為比喻心思;用心;心腸。在《警世通言》裡主要指後者。

    (1)「惡心孔再透一個窟窿,黑**肚腸**重打三重跑過。」(《第二十五卷桂員外途窮懺悔》)

4. 夜飯:5 次,《明清吳語詞典》中指晚飯

    (1)「金滿回到公序裡買東買西,備下**夜飯**,請吏房令史劉雲

到家，將上項事與他說知。劉雲應允。…此時已有起更時分，秀童收拾了堂中家伙，喫了**夜飯**，正提腕行燈出縣來迎候家主。」（《第十五卷金令史美婢酬秀童》）

5. 生活：6 次，在《明清吳語詞典》中有四義，其中「工作、活兒」詞義為《警世通言》裡所使用。
   (1)「潭州也有幾個寄居官員，見崔寧是行在待詔，日逐也有**生活**得做。…忽一日方早開門，見兩個著皁衫的，一似虞候府幹打扮。入來鋪裏坐地，問道：『本官聽得說有個行在崔待詔，教請過來做**生活**。』」（《第八卷崔待詔生死冤家》）

6. 學生子：2 次，在《明清吳語詞典》裡指學生
   (1)「卻說一日是月半，**學生子**都來得早，要拜孔夫子。…話休絮煩，時遇清明節假，**學生子**卻都不來。教授吩咐了渾家，換了衣服，出去閒走一遭。」（《第十四卷一窟鬼癩道人除怪》）

7. 饅頭：2 次，《明清吳語詞典》裡指饅頭；包子。不管有沒有餡兒，都叫饅頭。
   (1)忽一日，許宣在鋪內做買賣，只見一個和尚來到門首，打個問訊道：「貧僧是保叔塔寺內僧，前日已送**饅頭**並卷子在宅上。…尋見送**饅頭**的和尚，懺悔過疏頭，燒了箆子，到佛殿上看眾僧念經，吃齋罷，別了和尚，離寺迤邐閒走」（《第二十八卷白娘子永鎮雷峰塔》）

8. 關目：1 次，在《明清吳語詞典》中無關目一詞，只有「關

子」和「關竅」,在上海、蘇州、杭州三地也是使用「關子」一詞,前者比喻緊要時刻或關鍵;後者比喻訣竅、竅門。在《警世通言》裡的關目即關子。必須注意的是在丹陽一地有「關目」一詞,但詞義有二:一為小孩玩的遊戲;一為手腳,指為了實現某種企圖而暗中採取的行動,詞義與《警世通言》裡的不符。因此推測關目一詞在明清以後可能已逐漸轉為關子,流行於口語中。

(1)「得貴一來是個老實人,不曉得墜胎是甚麼藥;二來自得支助指教,以為恩人,凡事直言無隱。今日這件私房**關目**,也去與他商議。那支助是個棍徒,見得貴不肯引進自家,心中正在忿恨,卻好有這個機會,便是生意上門。」(《第三十五卷況太守斷死孩兒》)

9. 家私:15 次,《明清吳語詞典》中無此詞,在杭州、揚州指財產。值得注意的是,「家私」一詞除了吳方言使用外,在粵語和閩語區也使用此詞,但多半指家具。

(1)「金氏族家,平昔恨那金冷水、金剝皮慳吝,此時天賜其便,大大小小,都蜂擁而來,將**家私**搶個罄盡。」(《第五卷呂大郎還金完骨肉》)

(2)「你奏章中全無悔罪之言,多是自誇之語,已命雷部於即焚燒汝屋,蕩毀你的**家私**。我只為感你一狗之惠,求寬至十日,上帝不允。」(《第十五卷金令史美婢酬秀童》)

10. 日裡:5 次,《明清吳語詞典》指白天(裡)

(1)「『黃昏時候,你勸他上轎,**日裡**且莫對他說。』呂寶自去了,卻不曾說明孝髻的事。」(《第五卷呂大郎還金完骨

肉》）

(2)「兩個聽得恁他說，日裡吃的酒，都變做冷汗出來。」（《第十四卷一窟鬼癩道人除怪》）

11. 結末：7 次，在《明清吳語詞典》中可當名詞與副詞，即結果、最後。另有副詞「結末來」，指末了、最後。

(1)「徐能正在岸上尋主顧，聽說官船發漏，忙走來看，看見搬上許多箱籠囊筐，心中早有七分動火。**結末**又走個嬌嬌滴滴少年美貌的奶奶上來，徐能是個貪財好色的都頭，不覺心窩發癢，眼睛裏迸出火來。」（《第十一卷蘇知縣羅衫再合》）

12. 外廂：2 次，《明清吳語詞典》中無此詞，只有「外勢」與「外頭」，也是指外面，為名詞中的方位詞。此詞僅見於寧波，作「外廂」，指外頭、外面。而在《漢語方言大詞典》中無外廂、外勢，僅有外頭。

(1)「是夜直飲至更餘，景清讓自己臥房與京娘睡，自己與公子在**外廂**同宿。」（《第二十一卷趙太祖千里送京娘》）

(2)「次日王翁收拾書室，接內姪周廷章來讀書。卻也曉得隔絕內外，將內宅後門下鎖，不許婦女入於花園。廷章供給，自有**外廂**照管。」（《第三十四卷王嬌鸞百年長恨》）

13. 明朝：2 次，《明清吳語詞典》即明天

(1)「我且歸去，你**明朝**卻送我丈夫歸來則個。」（《第十四卷一窟鬼癩道人除怪》）

(2)「知縣入那館驛安歇。驛從唱了下宿喏。到**明朝**，天色已曉，趙知縣開眼看時，衣服箱籠都不見。」（《第三十六卷

皂角林大王假形》）

14. 頭面：6 次，《明清吳語詞典》有二義：一為臉；頭臉；面子。一為首飾。在《警世通言》裡主要指後者。
    (1)「時揚州太守，乃韓魏公，名琦者。見安石**頭面**垢汙，知未盥漱，疑其夜飲，勸以勤學。」（《第四卷拗相公飲恨半山堂》）
    (2)「只有萬員外的女兒萬秀娘與他萬小員外，一個當直喚做周吉，一擔細軟**頭面**金銀錢物籠子，共三個人，兩匹馬，到黃昏前後到這五里頭，要趕門入去。…打開籠仗裡金銀細軟**頭面**物事，做三分：陶鐵僧分了一分，焦吉分了一分，大官人也分了一分。」（《第三十七卷萬秀娘仇報山亭兒》）

15. 胡梯：2 次，《明清吳語詞典》中指樓梯
    (1)「只見青青手扶欄桿，腳踏**胡梯**，取下一個包兒來，遞與白娘子。…來到**胡梯**邊，教王二前行，眾人跟著，一齊上樓。」（《第二十八卷白娘子永鎮雷峰塔》）

16. 親眷：10 次，《明清吳語詞典》中為親戚，特指異性親戚。親親眷眷，指各種親戚。
    (1)「恨爹娘者，恨他遺下許多**親眷**朋友，來時未免費茶費水。」（《第五卷呂大郎還金完骨肉》）
    (2)「其時只當**親眷**往來，情好甚密，這話閣過不題。」（《第二十五卷桂員外途窮懺悔》）

17. 身家：1 次，《明清吳語詞典》中即「身價」，指人的身分、社會地位。在吳語中常說「有身家」，指有地位、有錢。

(1)鮮于太守乃寫書信一通，差人往雲南府回覆房師砌公，砌公大喜，想道：「『樹荊棘得刺，樹桃李得蔭』，若不曾中得這個老門生，今日**身家**也難促。」遂寫懇切謝啟一緘，遣兒千刎敬兒貲回，到府拜謝。（《第十八卷老門生三世報恩》）

18. 孤孀：6 次，《明清吳語詞典》中無此詞，在上海、蘇州指寡婦，上海地區則孤孀與寡婦二詞並用。
    (1)「俊俏**孤孀**別樣嬌，王孫有意更相挑。」（《第二卷莊子休鼓盆成大道》）
    (2)「楊氏道：『不是奴苦勸姆姆。後生家**孤孀**，終久不了。吊桶已落在井裏，也是一緣一會，哭也沒用！』」（《第五卷呂大郎還金完骨肉》）

19. 眼孔：1 次，《明清吳語詞典》中指眼光
    (1)「夫人叫：『老姆姆，你去問華安：「那一個中你的意？就配與你。」』華安只不開言。夫人心中不樂，叫：『華安，你好大**眼孔**，難道我這些丫頭就沒個中你意的？』」（《第二十六卷唐解元一笑姻緣》）

20. 熱亂：1 次，《明清吳語詞典》做名詞，混亂；慌亂之義。
    (1)後面兩個婆子，兀自慢慢地趕來。「一夜**熱亂**，不曾吃一些物事，肚裡又饑，一夜見這許多不祥，怎地得個生人來衝一衝！」（第十四卷一窟鬼癩道人除怪》）

3.3 動詞

1. 尋、尋趁：

A. 尋：271 次，《明清吳語詞典》中有二義，一為賺（錢）；一為找（對象）；嫁；娶。在《警世通言》裡主要指尋找。

(1) 「那老者道：『先生這等吟想，一定那說路的，不曾分上下，總說了個集賢村，教先生沒處抓**尋**了。』伯牙道：『便是。』」（《第一卷俞伯牙摔琴謝知音》）

(2) 「即命老蒼頭伏侍王孫，自己**尋**了砍柴板斧。」（《第二卷莊子休鼓盆成大道》）

B. 尋趁：2 次，《明清吳語詞典》中有二義，一為賺（錢）；一為尋找。在《警世通言》裡主要指尋找。

(1) 「科貢官，兢兢業業，捧了卵子過橋，上司還要**尋趁**他。比及按院復命，參論的但是進士官，憑你敘礙極貪極酷，公道看來，拿問也還透頭，說到結末，生怕斷絕了貪酷種子」（《第十八卷老門生三世報恩》）

(2) 「吳小員外在遊人中往來**尋趁**，不見昨日這位小娘子，心中悶悶不悅。」（《第三十卷金明池吳清逢愛愛》）

2. 立：184 次，《明清吳語詞典》中有二義，一為站；另一義為擰、絞。《警世通言》裡為站立義，可單用「立」，也可「站立」合用。

(1) 「伯牙見他出言不俗，或者真是個聽琴的，亦未可知。止住左右不要囉唣，走近艙門，回嗔作喜的問道：『崖上那位君子，既是聽琴，站立多時，可知道我適纔所彈何曲？』…似先生這等抱負，何不求取功名，立身於廊廟，垂名於竹帛。卻乃縈志林泉，混跡樵牧，與草木同朽？竊為先生不取也。」（《第一卷俞伯牙摔琴謝知音》）

孫鵬飛（2001：25）指出在吳語口語中不用「站」或「站立」，而用「立」，如「立勒嗨」（站著）。但檢視《警世通言》卻立、站立二詞皆有，反而在《漢語方言大詞典》中僅有「立」一詞，無「站立」、「立勒嗨」二詞，這顯示《警世通言》可能同時雜揉吳語詞以及其他官話區方言詞，因此「立」一詞可視為吳語詞，但「站立」一詞應是北方用語。

3. 睬：2 次，《明清吳語詞典》未收錄，在揚州、南京、績溪、婁底、廣州等地都作答理、理會，可見此詞除吳語外，也見於徽語和粵語中。
　(1)「那笑他的他也不**睬**，憐他的他也不受，只有那勸他的，他就勃然發怒起來道」（《第十八卷老門生三世報恩》）

4. 相幫：7 次，《明清吳語詞典》有三義，在《警世通言》中主要是指幫助（人）。
　(1)「買了神福，正要開船，岸上又有一個漢子跳下船來道：『我也**相幫**你們去！』」（《第十一卷蘇知縣羅衫再合》）
　(2)「金滿因無人**相幫**，將銀教廚夫備下酒席，自己卻不敢離庫。」（《第十五卷金令史美婢酬秀童》）

5. 相伴：10 次，《明清吳語詞典》未收錄，在溫洲指陪伴、伴隨。
　(1)「婆子道：『教授方纔二十有二，卻像三十以上人。想教授每日價費多少心神！據老媳婦愚見，也少不得一個小娘子**相伴**。』」（《第十四卷一窟鬼癩道人除怪》）

6. 撥轉、轉來、轉去：

A. 撥轉：4 次，《明清吳語詞典》未收錄，也不見於《漢語方言大詞典》，疑為其他地區的方言詞，指調轉。
(1)「東坡吩咐：『我要取中峽之水，快與我**撥轉**船頭。』」（《第三卷王安石三難蘇學士》）

B. 轉來：17 次，《明清吳語詞典》有三義，《警世通言》裡主要作回來；回家來。在寧波、金華作趨向動詞，指回來、過來。
(1)「臨去時，婆娘又喚**轉來**囑咐道」（《第二卷莊子休鼓盆成大道》）

C. 轉去：3 次，《明清吳語詞典》作回去，回家；在杭州、金華指回去。
(1)「想著過了一日，自然有人拾去了，**轉去**尋覓，也是無益，只得自認晦氣罷了。」（《第五卷呂大郎還金完骨肉》）

撥轉、轉來、轉去三詞，其中撥轉不見於《明清吳語詞典》和《漢語方言大詞典》，懷疑可能原非吳語詞，《警世通言》裡三詞並具，說明該書混合了數種方言口語詞而成。

7. 洗浴：5 次，《明清吳語詞典》未收錄，在杭州、溫州、金華指洗澡。值得注意的是，在安徽、福建也用此詞，可指洗澡與游泳，顯然此詞非吳語區專用。
   (1)「學生答云：『先生**洗浴**去了。』真君曰：『在那裡**洗浴**？』學生曰：『在澗中。』真君曰：『這樣十一月天氣，還用冷水**洗浴**？』」（《第四十卷旌陽宮鐵樹鎮妖》）

8. 贖：41 次，《明清吳語詞典》中指買（蒴）

(1)「取了幾文錢，從側門走出市心，到山藥鋪裏贖些砒霜。…向呂玉說道：『賢婿一向在舍有慢，今奉些須薄禮相贖，權表親情，萬勿固辭。』」（《第五卷呂大郎還金完骨肉》）

9. 熯：2 次，《明清吳語詞典》中指「在鍋裡用極少的油煎或不用油乾烤」；孫鵬飛（2001：30）則據《蘇州方言詞典》義為「微火煮」。

(1)「今早金阿媽送我四個餅子還不曾動，放在櫥櫃裡。何不將來**熯**熱了，請他吃一杯茶？」當下吩咐徒弟在櫥櫃裏取出四個餅子，廚房下**熯**得焦黃，熱了兩杯濃茶，擺在房裡，請兩位小官人吃茶。《第五卷呂大郎還金完骨肉》

10. 淘：4 次，《明清吳語詞典》詞義有七種，在《警世通言》裡主要有以下兩種：

A. 動詞，在食物裡拌入湯水。

(1)「宋金戴了破氈笠，喫了茶**淘**冷飯。劉翁教他收拾船上家伙，掃抹船隻，自往岸上接客，至晚方回，一夜無話。…只見那錢員外才上得船，便向船艄說道：『我腹中饑了，要飯吃；若是冷的，把些熱茶**淘**來罷。』宜春已自心疑。」（《第二十二卷宋小官團圓破氈笠》）

B. 動詞，因耗費精力、體力而傷害（身體），尤指縱慾過度傷身體。

(1)「這段評話，雖說酒色財氣一般有過，細看起來，酒也有不會飲的，氣也有耐得的，無如財色二字害事。但是貪財好色的又免不得吃幾盃酒，免不得**淘**幾場氣，酒氣二者又總括在財色裏面了。」（《第十一卷蘇知縣羅衫再合》）

11. 縛：36 次，《明清吳語詞典》未收錄此詞，反而有「縛手縛腳」、「縛頭縛腳」二詞，不過此二詞不見於《警世通言》，縛即綁之義。在杭州、金華、上海、揚州、寧波等地皆有「縛」一詞，義指繫、紮、綑綁等義，確實為吳語詞，但也見於南寧平話和福建地區。有趣的是，「縛手縛腳」、「縛頭縛腳」二詞反而不見於《漢語方言大詞典》內。

   (1)「孝堂邊張了數十遍，恨不能一條細繩**縛**了那俏後生俊腳，扯將入來，摟做一處。…平日此病舉發，老殿下奏過楚王，撥一名死囚來，**縛**而殺之，取其腦髓。」（《第二卷莊子休鼓盆成大道》）

12. 篩：14 次，《明清吳語詞典》中有三義，在《警世通言》裡主要作「斟（酒，菜）」義。

    (1)「悶上心來，只顧自**篩**自飲，不覺酩酊大醉，和衣而寢。」（《第十五卷金令史美婢酬秀童》）

13. 會鈔：1 次，《明清吳語詞典》寫作「惠鈔」，即「會鈔」，會賬，付款。也可用「會錢」。

    (1)「金滿大喜，連聲稱謝：『若得如此，自當厚謝。』二人又喫了一回，起身**會鈔**而別。」（《第十五卷金令史美婢酬秀童》）

14. 作成：8 次，《明清吳語詞典》詞義有二，也可作「作承」，一般而言，有成全、盡力促成之義。

    A. 動詞，指照顧商家的生意。

    (1)「那人引路到陳家來。陳三郎正在店中支分僻匠鋸木。那人道：『三郎，我引個主顧**作成**你。』三郎道：『客人若要

看壽板，小店有真正姿源加料雙妍的在裡面；若要見成的，就店中但憑揀擇。』」（《第二十二卷宋小官團圓破氈笠》）

B.動詞，比喻使人得到某種好處。有時是反話。

(1)「這是天付姻緣，兄弟這番須**作成**做哥的則個！」（《第十一卷蘇知縣羅衫再合》）

(2)「桂抱怨道：『當初桑棗園中掘得藏鍆，我原要還施家債負，都聽了你那不賢之婦，瞞昧入己。及至他母子遠來相投，我又欲厚贈其行，你又一力阻擋。今日之苦，都是你**作成**我的。』其妻也罵道：『男子不聽婦人言。我是婦人之見，準教你句句依我？』」（有反話意味）（《第二十五卷桂員外途窮懺悔》）

15.出脫：7次，《明清吳語詞典》詞義有五，在《警世通言》裡主要指出手、賣掉。

A.動詞，（把貨物）售出，脫手

(1)「宋金方知渾家守志之堅。乃對王公說道：『姻事不成也罷了，我要僱他的船載貨往上江**出脫**，難道也不允？』王公道：『天下船載天下客。不消說，自然從命。』」（《第二十二卷宋小官團圓破氈笠》）

B.動詞，開脫，解脫

(1)「徐爺在徐家生長，已熟知這班凶徒殺人劫財，非只一事，不消拷問。只有徐用平昔多曾諫訓，且蘇爺夫婦都受他活命之恩，叮囑兒子要**出脫**他。徐爺一筆出豁了他，趕出衙門。徐用拜謝而去。」（《第十一卷蘇知縣羅衫再合》）

(2)「我一個身子被他騙了,先前說過的話,如何賴得?他若欺心不招架時,左右做我不著,你兩個老人家將我去府中,等我郡王面前實訴,也**出脫**了可常和尚。」父母聽得女兒說,便去府前伺候錢都管出來,把上項事一一說了。(《第七卷陳可常端陽仙化》)

16. 開交:2次,《明清吳語詞典》詞義有三,在《警世通言》裡主要指解決、結束。

   A.動詞,分開

   (1)「劉公聽得艄內啼哭,走來勸道:『我兒,聽我一言,婦道家嫁人不著,一世之苦。那害疥的死在早晚,左右要拆散的,不是你因緣了,倒不如早些**開交**乾淨,免致擔誤你青春。待做爹的另揀個好郎君,完你終身,休想他罷!』」(《第二十二卷宋小官團圓破氈笠》)

   B.動詞,斷絕關係分手

   (1)「『便上門時,他會說你笑你,落得一場褻瀆,自然安身不牢,此乃煙花逐客之計。足下三思,休被其惑。據弟愚意,不如早早**開交**為上。』公子聽說,半晌無言,心中疑惑不定。」(也可解釋作分開、結束)(《第三十二卷杜十娘怒沉百寶箱》)

17. 猴急:1次,《明清吳語詞典》中只有「喉急」無「猴急」,動詞,急,焦急之義。另有「喉極」同「喉急」。查《漢語方言大詞典》中「猴急」一詞見於西安;「喉急」一詞見於南寧平話、廣州、東莞,作心急;焦急;性急,詞典中不見「喉極」一詞。依此來看,《警世通言》裡的「猴急」一詞可能原

本吸收自西北方言，明清後逐漸擴及至其他北方地區。而《明清吳語詞典》中的「喉急」究竟出自吳語或粵語個人無法確定，但從今吳語不用粵語仍保留來看，可能現代吳語使用「喉急」時已向北方方言「猴急」靠攏並取代了。

(1)「老鴇起身帶笑說：『小女從幼養嬌了，直待老婢自去喚他。』王定在旁**猴急**，又說：『他不出來就罷了，莫又去喚！』」（《第二十四卷玉堂春落難逢夫》）

3.4 形容詞

1. 停當：12 次，《明清吳語詞典》詞義有六，在《警世通言》中主要指穩當、了當。

    A.形容詞，妥當；（事情）圓滿；滿意

    (1)「徐爺只推公務，獨自出堂，先教聚集民壯快手五六十人，安排**停當**：『聽候本院揮扇為號，一齊進後堂擒拿七盜。』」（《第十一卷蘇知縣羅衫再合》）

    B.形容詞，（做）好；（做）妥

    (1)「五更雞唱，景清起身安排早飯，又備些乾糧牛脯，為路中之用。公子輸了赤以磷，將行李紮縛**停當**，囑咐京娘：『妹子，只可村妝打扮，不可冶容炫服，惹是招非。』」（《第二十一卷趙太祖千里送京娘》）

2. 便當：2 次，《明清吳語詞典》未收，在上海、蘇州、杭州、寧波、金華等地作方便；順手；簡單；容易。必須說明的是，此詞在烏魯木齊、安徽、江西等地也使用，分布地區頗廣。

    (1)「公子暗想：『在這奴才手裡討針線，好不爽利。』索性

將皮箱搬到院裡，自家**便當**。鴇兒見皮箱來了，愈加奉承。」（《第二十四卷玉堂春落難逢夫》）

(2)「一日，周氏見高氏說起小二諸事勤謹，又本分，便道：『大娘何不將大姐招小二為婚，卻不**便當**？』高氏聽得大怒，罵道：『你這個賤人，好沒志氣！我女兒招僱工人為婿？』周氏不敢言語，吃高氏罵了三四日。」（《第三十三卷喬彥傑一妾破家》）

3. 尷尬：2 次，《明清吳語詞典》中有四義，在《警世通言》裡主要作處境為難，進退維谷，難於處理應付之義。

(1)「吳教授道：『且把一碗冷的來！』只見那人也不則聲，也不則氣。王七三官人道：『這個開酒店的漢子又**尷尬**，也是鬼了！我們走休。…』兀自說未了；就店裏起一陣風」（《第十四卷一窟鬼癩道人除怪》）

(2)「押司娘叫得應，間他如今甚時候了？迎兒聽縣衙更鼓，正打三更三點。押司娘道：『迎兒，且莫匝剛個！這時辰正**尷尬**！』那迎兒又睡著，叫不應。」（《第十三卷三現身包龍圖斷冤》）

3.5 副詞

1. 勿：44 次，《明清吳語詞典》有三義，都是作不；沒有；不要。

(1)「這四句詩，奉勸世人虛己下人，**勿**得自滿。古人說得好，道是：『滿招損，謙受益。』」（《第三卷王安石三難蘇學士》）

(2)「那時卻到上集賢村，迎接老伯與老伯母同到寒家，以盡天年。吾即子期，子期即吾也。老伯勿以下官為外人相嫌。」（《第一卷俞伯牙摔琴謝知音》）

2. 弗：1 次，《明清吳語詞典》表示否定，不。
(1)「右詩單說著『情色』二字。此二字，乃一體一用也。故色絢於目，情感於心，情色相生，心目相視。雖亙古迄今，仁人君子，**弗**能忘之。」（《第三十八卷蔣淑真刎頸鴛鴦會》）

3. 忒：13 次，《明清吳語詞典》有五義，在《警世通言》裡主要作副詞，表程度，有「太」義。
(1)「王招宣初娶時，十分寵本，後來只力一句話破綻些，失了主人之心，情願白白裡把與人，只要個有門風的便肯。隨身房汁少也有幾萬貫，只怕年紀**忒**少些。張媒道：『不愁小的**忒**小，還嫌老的**忒**老，這頭親張員外怕不中意？只是雌兒心下必然不美。如今對雌兒說，把張家年紀瞞過了一二十年，兩邊就差不多了。』」（《第十六卷小夫人金錢贈年少》）

4. 一逕：13 次，《明清吳語詞典》有二義，有一直，老是，逕直等義。另有「一竟」用「一逕」
(1)「出了孫婆店門，在街坊上東走西走，又沒尋個相識處。走到飯後，肚裡又饑，心中又悶。身邊只有兩貫錢，買些酒食吃飽了，跳下西湖，且做個飽鬼。當下走出湧金門外西湖邊，見座高樓，上面一面大牌，朱紅大書『豐樂樓』。」（《第六卷俞仲舉題詩遇上皇》）

(2)「郭立是關西人,朴直,卻不知軍令狀如何胡亂勒得!三個來到崔寧家裡,那秀秀兀自在櫃身裏坐地。」(《第八卷崔待詔生死冤家》)

3.6 其他

1. 別個:2 次,《明清吳語詞典》做代詞,別人;別的(也做「別格」)

   (1)「我員外好意款待他一席飯,送他二十兩銀子,是念他日前相處之情,**別個**也不能夠如此。他倒說我欠下他債負未還。」(《第二十五卷桂員外途窮懺悔》)

   (2)「你有錢鈔,將些出來使用;無錢,你自離了我家,等我女兒接**別個**客人。終不成餓死了我一家罷!」(《第三十三卷喬彥傑一妾破家》)

   「別個」在《明清吳語詞典》中做代詞,但孫鵬飛(2001:42)以「個」為結構助詞,相當於普通話結構助詞「的」,而將之歸入助詞一類。若以別個指稱別人來看,應歸入代詞,但基於別個也可做別的、別格解,與真個構詞法相同,因此暫歸於此。引人注意的是,《漢語方言大詞典》內未收此詞。

2. 真個:77 次,《明清吳語詞典》有二義:a.形容詞,真的,個,助詞。b.副詞,真的。個,助詞。另有「真格」也同「真個」。侯精一(2002:73)指出「表領有的助詞『的』多數點讀『個』字的輕音,有的濁化,有的讀成促音入聲。」顯然吳語中的真個即真的,只是讀音有別。

   (1)「田氏穿了一身素縞,**眞個**朝朝憂悶、夜夜悲啼。…我若

真個死,一場大笑話!」
(2)「莊生不是好色之徒,卻也十分相敬,**真個**如魚似水。」(《第二卷莊子休鼓盆成大道》)

在《漢語方言大詞典》裡不見別個、別格,但有真個、真格二詞,真個見於西安、忻州、上海、崇明、廣州;真格見於銀川,甚至還有「真格兒的」、「真個的」等詞。因此雖然真個、真格見於《明清吳語詞典》,究竟原本為吳語詞或是其他方言詞擴散至吳語區內,個人尚無法確定。

3. 白白里(裡):3 次,《明清吳語詞典》有二義,在《警世通言》裡主要作白白的。表示動作行為沒有效果或沒有回報。「里」是後綴。另有「白白俚」同此義。
(1)孫婆便罵道:「昨日在我家薈惱,白白**裡**送了他兩貫錢。」(《第六卷俞仲舉題詩遇上皇》)

以上六類詞語為本文初步檢索《警世通言》中是否具吳語成分的結果,因為吳語詞數量相當龐大,限於篇幅與時間,本文僅能查檢部分吳語詞,而經過初步篩檢,在《警世通言》內的確使用了部分的吳語詞,使用範圍包括代詞、名詞、動詞、形容詞、副詞等詞類,其中不乏明顯具吳方言色彩指標的渠、伊、尷尬、勿、弗等詞語,但是否能就此斷定該書即為以南方吳語寫作下的產品呢?恐怕未必。郭芹納(1995)曾提到傳統說法認為《三言》是宋元明時期南方音系的方言作品,但郭氏卻指出《三言》中收錄了部分陝西方言詞語,如擺、潑(茶)、聯、忙迫、袱子、鄉薰、娃子(家)、畢、早起等詞,是出自陝西方言。因此,若從郭氏的研究來看,我們也可說《三言》裡具有陝西方言

色彩。其實，單以人稱代詞而言，《警世通言》裡我、你、他的出現次數分別為：我（1895 次）、你（1597 次）、他（1640 次），數量遠多於自家、渠、伊的，而你我他其實是北方與多數方言點通用的人稱代詞，此由《現代漢語方言大詞典》中的分布點由北至南皆有可知。加上該書中也不用儂、我儂、你儂、爾儂等深具吳語特點的人稱代詞，可見《警世通言》基本上可能是以宋元時期的標準語為基礎再雜揉部分吳語和南方方言而成，至於馮夢龍是否摻雜入自己的方音，雖有可能，但應也是小部分而已。而如此混雜的方言色彩，適足以解釋《警世通言》有不少內容是不同地區說話人的說話底本所構成，是以，若認為《警世通言》是宋元明時期南方音系的方言作品，恐怕並不全面。

四、結語

　　本文以《警世通言》為研究素材，試圖對該書進行兩方面的探討，一是對 40 卷中的開（散）場詩（詞）進行韻腳字的整理分析，初步獲悉有止、遇、蟹合流；假、流二攝合流；上、去聲字混押；-m、-n、-ŋ 三類鼻音尾基本仍分立，但有少數 -m、-n 與 -n、-ŋ 韻尾開始合流的趨勢；-p、-t、-k 三類塞音尾基本仍分立，但有少數 -p、-t 尾合流與 -p、-k 尾合流的現象。從這些用韻現象來看，無法斷定反映某方言區音系。二是檢索《警世通言》裡的部分詞語，釐析是否具吳語色彩，經過查檢，本文認為該書中確實收錄了某些吳語詞，範圍遍及多項詞類，使得該書的確映現出吳語色彩，這些吳語詞現在多數仍活躍於口語中。但相比於該書中使用更多官話區與北方方言詞語觀之，個人較傾向

《警世通言》基本上可能是以宋元時期標準語為基礎再雜揉部分吳語和南方方言而成的一部話本集子。

引用書目

王力，1989，《漢語詩律學》（上），收入《王力文集》第 14 卷，濟南：山東教育出版社。

中國哲學電子書計劃 http://ctext.org/zh，最近瀏覽日期 2021.8.5。

石汝杰、宮田一郎主編，2005，《明清吳語詞典》，上海：世紀出版集團、上海辭書出版社。

宋濂等撰，1375，《洪武正韻》，浙江圖書館藏明崇禎四年刻本，收入《四庫全書存目叢書》。

呂正惠，1991，《詩詞曲格律淺說》，臺北：大安出版社。

李雪，2012，《馮夢龍"三言"語音研究》，溫州大學碩士論文。

李榮主編，1993，《現代漢語方言大詞典》電子版，網址：http://www.kaom.net>book_fangyandacidian，最近瀏覽日期 2021.8.10。

侯精一主編，2002，《現代漢語方言概論》，上海：上海世紀出版集團、上海教育出版社。

郭芹納，1995，〈《三言》中所見的陝西方言詞語〉，《西安教育學院學報》4：9-14。

孫鵬飛，2001，《馮夢龍"三言"小說的吳語成分研究》，暨南大學碩士論文。

馮夢龍，1624，《警世通言》，明金陵兼善堂本，臺北：三民書局（1983 年初版）。

本文初稿發表於第十九屆國際暨第三十九屆全國聲韻學學術研討會，臺灣師範大學國文系主辦，2021.8.20-21。

國家圖書館出版品預行編目資料

材料與方法──明清音韻論集

宋韻珊著. – 初版. – 臺北市：臺灣學生，2025.05
面；公分

ISBN 978-957-15-1967-8 (平裝)

1. 漢語 2. 聲韻 3. 韻書 4. 研究考訂

802.4   114004833

材料與方法──明清音韻論集

著　作　者　宋韻珊
出　版　者　臺灣學生書局有限公司
發　行　人　楊雲龍
發　行　所　臺灣學生書局有限公司
地　　　址　臺北市和平東路一段 75 巷 11 號
劃　撥　帳　號　00024668
電　　　話　(02)23928185
傳　　　眞　(02)23928105
E - m a i l　student.book@msa.hinet.net
網　　　址　www.studentbook.com.tw
登記證字號　行政院新聞局局版北市業字第玖捌壹號
定　　　價　新臺幣二八〇元
出版日期　二〇二五年五月初版
I S B N　978-957-15-1967-8

80213　　　　有著作權・侵害必究